導讀莫言

楊小濱 著

目次

我讀莫言：十個關鍵字

01　先鋒

莫言是至今仍然保持著八十年代開始興盛的先鋒主義文學精神的少數中國作家之一，始終不懈地在探索新的、不同的表現方式。因此，在開拓小說寫作疆域和敘述形式的面向上，莫言是走在最前列的一員。

02　想像

莫言的小說儘管處理的都是現實和歷史的事件，但並不拘泥於客觀寫實。在種種奇詭想

像的領域裡，莫言所抵達的心理真實比現實
更加真實。這也就是諾貝爾授獎詞裡所說的
「幻想與現實的融合」。

03　批判

莫言的作品可以說全部都是從對於歷史和現
實的批判視角出發的，對主流和現存的話語
體系和社會狀態進行了無畏的顛覆和尖銳的
質疑。

04　歷史

莫言在《生死疲勞》、《檀香刑》、《豐乳
肥臀》等作品中深入反思了近現代和當代歷

史的進程。但重大的歷史事件在莫言筆下是通過具體人物的命運，以超現實的方式展示出來的。

05　反諷

莫言超群的語言藝術在於充滿了不確定的、自我瓦解的敘述（特別是《酒國》和《十三步》）。莫言小說中的諷刺不僅是向外的，也是向內的。莫言的敘述者常常暴露出自身的不足、缺憾、失誤。通過這種自我指涉的、自省的敘述，莫言小說的批判性也意味著一種自我批判性。

06　喜劇

莫言風格的幽默意味也是不言而喻的，他不但無情地嘲笑了世界，也嘲笑了自己。借用他小說《師傅越來越幽默》（後由張藝謀改編成電影《幸福時光》）的標題，我們也可以說：莫言越來越幽默。

07　暴力

莫言曾經被詬病為渲染暴力（從《紅高粱家族》到《檀香刑》），但歷史和現實的暴力其實遠遠超過了他小說描寫的程度，莫言只不過是把它們用一種極端的方式呈現出來，讓我們看到我們不願看到的，被掩蓋的真實。

08　民間

莫言早期的作品，如《紅高粱家族》、《食草家族》，與「尋根文學」有千絲萬縷的聯繫，書寫鄉村文化和原始的生命力。《檀香刑》、《天堂蒜薹之歌》等也融合了民間說唱文藝的樣式。而《生死疲勞》有著鮮明的民間信仰和傳說的源頭。

09　古典

莫言的魔幻不僅來自西方現代主義，也來自中國古典文學。莫言曾經自稱為「妖精現實主義」。《生死疲勞》、《酒國》裡的妖魔鬼怪，與《西遊記》、《聊齋志異》的古典

傳統是密不可分的。

10　豪放

莫言的風格無疑是豪放的，有著山東漢子的
大嗓門。他的汪洋恣肆和一瀉千里的氣勢，
源源不斷的言說方式，都給漢語文學帶來了
勃勃生機。

莫言ABC

　　莫言是中國新潮小說的幾位先驅者中，至今有著像火山一樣的噴薄力量並且不斷突破自己的一位。從最初的〈透明的紅蘿蔔〉到《紅高粱家族》到之後的《酒國》，莫言的創作軌跡似乎就是整個大陸新潮文學走過的軌跡。

　　即使在早期的「尋根」作品中，莫言的懷舊感就懷有某種不純粹的暗流。〈透明的紅蘿蔔〉帶有象徵主義的情調，主角黑孩在小說中幾乎一言不發（「莫言」的化身？），他的純真和幻想總是被生活中的不幸所打斷。到了〈紅高粱〉，

莫言那種野性的風格開始暴露。題為《紅高粱家
族》的長篇是以原先單篇發表的幾個中篇〈紅
高粱〉、〈高粱殯〉等集合而成，這些在當時
被看做重寫「革命歷史小說」的範例。《紅高
粱家族》以莫言自己的家鄉山東省高密東北鄉
為背景，寫的是抗日戰爭的故事，但不是共產
黨的抗日，而是土匪的抗日，充滿了戰爭和愛
情的血腥與狂暴。小說用「我爺爺」、「我奶
奶」、「我爹」這樣的人稱敘說和渲染祖輩們
年輕時的方剛血氣，具有明顯的突兀效果而又
不無挑戰的意味。

　　《紅高粱家族》以後，莫言的風格變得和早
期迥然不同，那種懷舊的、浪漫主義的色彩轉化

成對歷史、現實或心理的紊亂和荒誕的呈現。他在〈歡樂〉、〈紅蝗〉等作品裡語言的放縱恣肆來自心靈對外部世界的特殊敏感，卻招致包括新潮批評家在內的非議。從莫言／寡言到聒噪／嘈雜，莫言漸漸從美學走向了「醜學」，而作品的內在洞察力變得更加銳利。一九八九年的長篇小說《十三步》就是莫言近期風格的開端。小說的情節主幹並不算太複雜，卻足夠荒唐：物理教師方富貴猝死之後又復活，被妻子認為見了鬼，只好讓鄰居和同事張紅球的妻子，一個殯儀館整容師，動手術把容貌換成張紅球，而真正的張紅球卻被整容師驅逐出去流浪街頭，遭遇各種倒楣事情。問題是，方富貴為了不讓妻子驚恐換成張紅

球的臉，卻反而無法使妻子相信自己的身分，而整容師本來就已厭棄張紅球，方富貴只好在明裡當了整容師的「丈夫」，而在暗地裡還試圖「勾引」自己的妻子，卻仍舊屢屢碰壁。從主題上來看，小說當然表達了一種卡夫卡式的主體的錯亂或喪失，不過不同的是，這種身分的危機在某種程度上不但是自我的選擇的結果，竟然還是不捨得輕易放棄的：方富貴在朋友之妻那裡獲得的別致的滿足對他來說並不引起良心的內疚。這種對人性荒誕性的揭示不能不說是莫言的洞察力的體現。小說的敘述採取了強烈的反諷手法：粗鄙的、卑劣的、不幸的現實生活被赤裸裸地展示出來，卻始終保持著愉快輕鬆的語調，形成強烈的

反差。這種反差把生存的困境暴露無遺：悲劇總是以喜劇的形式出現，以致於人們每每自願地投身於悲劇之中。

莫言小說的成就在長篇《酒國》裡達到了高峰。這部小說堪稱當代大陸文學的傑作之一，因為它不但觸及了現實的最駭人的部分，而且表現了暴行在正義和理性幌子下的隱秘和不可窮究的本質。《酒國》主要講的是檢察院的特別偵察員丁鉤兒到一個名為酒國，也確是喝酒設宴成風的地方去調查腐敗的政府官員吃嬰兒肉的事件。具有諷刺意味而又令人叫絕的是，這位偵察員在嫌犯招待他的筵席上終於不能自持，加入了吃嬰兒的行列（當然也因為主人聲稱吃的是「人工」的

嬰兒），並且喝得爛醉。更為荒唐的是，偵察員
陷入了同嫌犯妻子的桃色事件中，被活捉受辱，
落荒而逃，最後落得個掉入糞池淹死的可悲而可
笑的下場。小說的敘述同樣形成了高度的反諷：
那種大陸官方宣傳所特有的語彙、句法，以及傳
統文學裡過於高尚的辭章，以極不諧調的方式參
與了對污濁和殘酷的現實的描寫，這使得小說的
風格產生巨大的荒誕效果。同時，小說的複雜性
還在於作者本人的出場，暴露其虛構、想像的來
龍去脈。在故事主幹之外，作為小說人物的莫言
同文學青年李一斗互通信件，討論作品《酒國》
以及李一斗在整部小說中穿插的不可或缺的九個
短篇。說到底，李一斗的作品也好，小說裡的莫

言也好，無非都是作者莫言的把戲。不過這個小小的詭計絕不是玩弄形式。通過對作品（主幹部分及李一斗的部分）的清醒的游離，小說同時指出了一個同樣關鍵的問題，這是一個寫作本身的問題：文學對現實的再現是有限的，有時甚至是無能的。那麼，我們怎麼才能既清醒地揭示現實的罪惡，又避免把這種罪惡視為可以通過再現來明確定位並且輕易規避的東西呢？

絕爽的性學：
莫言的性愛敘事

　　莫言的小說寫作是充滿了激情的寫作，對性的描寫也是關注生命的重要表現。在早期的篇章裡，莫言的重點在於謳歌自由、叛逆的男女性愛，比如在《紅高粱家族》裡就有余占鼇和奶奶在高粱地裡歡愛的描寫（那段張藝謀改編的電影《紅高粱》裡的高潮場景），以男性的「脫裸的胸膛」、「強勁慓悍的血液在他黝黑的皮膚下」、「粗魯地撕開我奶奶的胸衣」這些帶有強烈男性荷爾蒙氣味的語句為核心，要突出的是

「兩顆蔑視人間法規的不羈心靈」。這種對野性的原始生命力的讚美一直延續到後來的《生死疲勞》，其中地主西門鬧轉世後變成的驢，「一頭純粹的、純潔的公驢，體形健美」，也體現了這種最原始的、赤裸裸的欲望，它在母驢花花的身後「像山一樣立起來，用兩隻前蹄抱住它的腰，然後，身體往前一聳，一陣巨大的歡喜奔湧而來」。在《生死疲勞》描寫轉世後各種動物的眾多理由裡，突出動物的野性的原始驅力當然也是一個十分重要的方面。

但莫言中後期作品中，原始的野性不再被賦予絕對理想的光環。至少，莫言對性愛描寫的語言更加具有某種張力，而不是單向的讚美。《生

死疲勞》靠近結尾處對於藍解放和情人黃互助的後進式性愛姿勢有這樣的描寫：藍解放「希望能夠與互助面對面做愛，她卻冷冷地說：『不，狗都是這樣的姿勢。』」在英文裡，這樣的性交體位就是稱為doggy style（狗式）。狗當然代表了那種褪去了文明束縛的原始性，但「冷冷」一詞也多少暗示了這種動物性所蘊含的激情缺失。《豐乳肥臀》裡也有「母親被高大騾子抱進了高粱地……」的描繪，但卻是遭威脅的誘姦。而《紅高粱》式的男女歡愛場景在《四十一炮》裡也重新出現過一次，「我」目睹了父親和情人野騾子姑姑偷情的場面，同樣是從一個童年的視角出發的：「父親的手很野蠻，很強盜，它們彷彿

要把野騾子姑姑的屁股和奶子裡的水分擠出來似的」。但莫言又寫道：「他們的身體開始發光了，藍幽幽的，好似兩條鱗片閃爍的大毒蛇糾纏在一起」，「好像我的父親和野騾子姑姑，包括我這個旁觀者，都在幹著罪惡的勾當」。同時，因為在小說裡，敘事者是在給大和尚講故事，因此也立刻意識到了這個色情段落應該及時停止。可以看出，偷情、情慾不再被描寫成身體解放的宏大敘事，而是蘊含著自身的罪惡，甚至虛無。當那個疑似野騾子姑姑的女人解開大褂露出乳房來誘惑「我」時，大和尚「似乎已經圓寂」。

　　《紅高粱家族》之後，莫言小說中大量的性愛關係大多是以女性為主導的。《酒國》裡李一

斗那個乳房挺立的岳母（妻子的養母）嬌媚地勾引了自己的女婿。正如《豐乳肥臀》在描寫鳥兒韓與上官來弟的性愛場面時所說：「女人的衣服是自己脫落的，男人的衣服是被女人脫落的。」小說描寫大姐、二姐的生父「姑夫惶惶不安地站起來，」而母親上官魯氏「卻像一個撒了潑的女人一樣，猛地把褲子脫了下來」。《檀香刑》裡的孫眉娘「每天夜裡都夢到錢大老爺與自己肌膚相親」，最後忍不住來到縣衙，主動投入了錢大老爺的懷抱：「只有四片熱唇和兩根舌子在你死我活般的鬥爭著，翻江倒海，你吞我嚥，他們的嘴唇在灼熱中麥芽糖一樣煬化了」。這個性愛場面以熱吻為高潮，可以說具有莫言小說性愛描

寫的典型特徵。《生死疲勞》裡的二十歲的姑娘龐春苗，也是主動追求了「四十歲的、半邊藍臉的醜男人」藍解放。莫言對他們之間第一次親昵的描寫仍然聚焦在熱吻上（尤其是有這樣的前提——藍解放和妻子從來沒有接過吻）：「她的嘴唇在我嘴裡膨脹著，她的嘴巴張開了，一股猶如新鮮扇貝的鮮味兒佈滿我的口腔。我無師自通地把舌頭探進她的嘴裡，去逗引她的舌頭，她的舌頭與我的舌頭勾搭在一起，糾纏在一起。」這個「鮮扇貝」的舌吻比喻在中篇小說《戰友重逢》裡變異為「海螺」：「她猛撲到我身上周身發燒像火炭一樣張開那大嘴巴噴吐著甜絲絲兒的發麵饅頭味道來找我了……我拱開她的嘴唇啟開她的

牙齒把她的舌頭吸出來像吃海螺肉一樣她的舌頭也是肥嘟嘟的跟海螺肉的味道基本差不多」。可以看出，莫言用「肥嘟嘟的跟海螺肉的味道基本差不多」這樣的詞句具有強烈的喜劇色彩，解構了1980年代中期性愛描寫的浪漫意境。

除了接吻外，莫言也十分熱衷於描寫女性乳房，在《十三步》裡就描寫了一個中俄混血、被暱稱為「大奶牛」的屠小英。莫言也常常使用堪比「海螺肉」這樣出其不意的怪異比喻。比如《食草家族》描寫女學生「兩顆乳頭像兩隻烏黑的槍口瞄著教授的眼睛」，《豐乳肥臀》竟然描寫馬瑞蓮（即上官盼弟）「沉甸甸的乳房宛若兩座墳墓」，而女幹部龍青萍「的雙乳，彷彿兩

個鐵秤砣」。《豐乳肥臀》是對乳房的最集中表現，因為小說的主角上官金童是個性無能的戀乳癖。從這個意義上說，陽衰的男性更襯托出陰盛的女性。《四十一炮》裡敘事者的羅小通也屢屢在女性胴體前怯場。但莫言的敘述語言依舊肆無忌憚，比喻出奇，並不將女性身體刻意浪漫化。比如，《豐乳肥臀》的敘事者長大後最初目睹的是「肥胖臃腫」的乳房「猖狂地跳動，宛若兩隻被夾住尾巴的白兔子」，而後「男人毛茸茸的大手伸進了女人的衣裙內，抓住了一隻肥乳」。可以看出，莫言越來越傾向於將情色美學與性愛醜學結合在一起，但這並不是對性愛的詆毀，反倒是對它古怪面貌的另類讚美。在《豐乳肥臀》

中，上官金童當選為「雪公子」，摸遍了一百二十個女人各式各樣的乳房，有的「像剛出籠的小饅頭」，有的「像不馴服的母雞一樣咯咯地叫著」，有的「像性情暴烈的鵪鶉」，也有的「好像藏著兩窩馬蜂」。 這些乳房對他產生了電擊般的魔力：「兩團溫暖的、柔軟的肉，觸在了我冰涼的手裡。我感到一陣眩暈，幸福的暖流通過我的雙手，迅速傳遍我全身。」直到最後來了那個叫做獨乳老金的女人「像小豬一樣哼哼著，猛地把我的頭攬到她的懷裡，她的燃燒的乳房燙著我的臉」。莫言花了數百字描寫她「像生痘的公雞一樣，灼熱，嗤嗤地冒火星」的單邊獨乳，可以說是將既病態又茁壯的女性性感表現到了極

點。後來，正是獨乳老金用「灌滿了漿汁的、像
金黃色的哈密瓜一樣的乳房」哺乳了上官金童，
「當他顫慄著含住她、她顫慄著進入他的嘴巴
時，兩個人都像被開水燙了一樣，發出了迷狂的
呻吟」，「強勁有力的乳汁的細流射擊著口腔」
——通過戀乳抵達了性高潮的巔峰。

　　無論如何，莫言小說裡的性愛場景基本沒
有生殖器官和交媾場面的具象描述，像《豐乳肥
臀》裡寫上官來弟「把兩腿分開，折起身體，摟
住了鳥兒韓的脖子」，「鳥兒韓的屁股不停地聳
動著，在他的前邊，上官來弟高高地翹著臀部，
她的雙乳在胸前懸垂著，晃蕩」，就已經是非常
直接了。究其原因，莫言所要強調的是性愛過程

中的嗅覺、味覺和觸覺等，比如《豐乳肥臀》裡上官來弟在鳥兒韓那裡聞到的「身上蓬勃如毛的野草味道和清涼如水的月光味道」。

在莫言的小說裡，也不乏將性愛和身體描寫與文化探索和社會批判結合在一起。《豐乳肥臀》裡的瑞典傳教士馬洛亞（上官金童的生父）就用聖經般的語言讚美母親的乳房：「你的大腿圓潤好像美玉……你的肚臍如圓杯……你的雙乳好像一對小鹿……你的雙乳，好像棕樹上的果子纍纍下垂……」。政治社會的歷史也在女性身體上獲得體現，小說中的公社幹部傳言一個女特務「把電臺藏在乳房裡，乳頭就是電極」，反映出文革時期階級鬥爭宏大敘事中的荒誕圖景。而對

改革開放時代「豐乳大賽，乳罩大展銷」和「國
際乳房節」的描繪，對「以大老闆汪銀枝的乳頭
為證」的「獨角獸」牌乳罩的描繪，則與余華
《兄弟》下部裡的處美人大賽和豐乳霜推銷有異
曲同工之妙。而司馬糧和女演員之間的假懷孕訛
詐，避孕套索賠等情節也揭示了性愛關係在當代
社會中的異化狀態：性愛元素不再是人性的直接
表現，而是社會生活的荒謬換喻。

　　在《四十一炮》裡，蘭大官的性愛活動成
了羅小通開炮的目標。在《酒國》裡，性愛的
混亂或錯亂面向獲得了極端的展示。小說一出
場，陌生的女司機就猛烈地回應了偵查員丁鉤兒
的索吻：「女司機突然漲紅了臉，用吵架一樣的

高嗓門吼道：『我他媽的吻吻你！』……他感到
乏味、無趣，便把她推開。她卻像一隻兇猛的小
豹子一樣，不斷地撲上來，嘴裡嘟噥著：『我操
你二哥，我日你大爺……』」。《酒國》對性愛
關係的反諷式描寫達到了極致，性愛徹底失去了
美好的光環，成為人際關係中錯亂的構成。比如
「亭亭玉立」的女司機「用手托著乳房說：『怎
麼樣？』」的時候，偵察員的回答是「不錯」
和「繼續觀察」。甚至女司機「叉開雙腿，能打
開的門戶全部打開了」之後，丁鉤兒被咬的「舌
尖便爆發一陣刺痛」，到最後女司機「剝掉他的
褲權」後「來了一個掃堂腿，打得他四爪朝天擺
在地毯上」，「縱身騎在了他的肚子上」。小說

中最荒誕的，當然是他們這次姦情當場被捉，而
女司機的丈夫正是偵查員前來調查的疑犯。由
此，我們可以看出莫言小說中的性愛描寫從浪漫
激情到狂亂滑稽的多色光譜。

《酒國》：盛大的衰頹

文明的記錄無一不同時也是野蠻的記錄。

──班雅明

　　早前被歸類為「尋根」邊緣作家的莫言從來沒有堅持過「尋根」的理想。莫言小說的懷舊內涵從一開始就遭到了這種潛在的不純的破壞，他的短篇小說《透明的紅蘿蔔》（1985）就是證明。在《透明的紅蘿蔔》中，天真無辜的黑孩兒經歷了一連串騷亂，從而污染甚至損害了他那帶有象徵意義的透明性：他捲入了小石匠與小鐵匠

為菊子姑娘進行的打鬥；菊子姑娘在他們的打鬥中意外受傷；小鐵匠教唆黑孩兒去偷胡蘿蔔，結果被人當場逮住，還被剝光了衣服。

《紅高粱家族》（1987）是莫言第一部受到廣泛稱讚的小說，原始的生命衝動以一種粗糙的方式與野蠻的激情混合在一起。小說裡的頭號大英雄余占鰲是個土匪強盜，他在中國現代文學史光彩四射、充滿魅力的人物長廊盡頭佔有一席之地。作為歷史主體的余占鰲經常受到他肉慾多於浪漫的慾望糾纏，並且因此誤入歧途。他是具有傳奇色彩的英雄：拐走新娘，在家釀的土酒裡撒尿讓酒變得醇真，在伏擊日本鬼子之前還和夥伴一起喝酒，等等。莫言恣意將某種不純的東西巧

妙地注入英雄人物，把歷史推入同時「最英雄好漢最王八蛋」的境界。把回顧一個「英雄兼王八蛋」的過去，當作在想像中對停滯墮落之當下的救贖，這便是《紅高粱》蘊含的理想主義，而小說所蘊含的錯亂，則在莫言後來的小說中，尤其在《十三步》（1989）和《酒國》（1992）中得到了進一步的發展。

在《酒國》中，野蠻殘暴與花言巧語，罪惡與正義，苦難與歡樂全都混為一體。小說最突出的一個特徵就是以自我暴露的敘事破壞敘事的整體性，對保持間距和自圓其說的敘事功能產生自我懷疑。《酒國》寫於1989年到1992年之間，創作的來源顯然是他的早期經驗，而不是他之前的

小說《十三步》；後者將《紅高粱》中所有的英
雄業績歪曲成慘重的失敗以及惡意的玩笑。套用
馬克思的定理，《紅高粱》所描繪的抗戰歷史悲
劇作為另一次國族存亡的危機重現了，但這次卻
形同鬧劇。

　　莫言是在1989年9月開始寫作《酒國》的，
這就註定了小說的歷史使命。然而，在莫言看
來，僅僅表現歷史災難，而不去探究社會與個人
生活的日常性墮落，將是一種政治上的幼稚和道
德上的不負責；因為正是這種墮落，一方面決定
性地影響了國族的命運，另一方面拒絕任何對於
邪惡事實的直接呈現。值得注意的是，《酒國》
首先是對社會文化頹廢性的自我反思，這裡，莫

言用風格上的頹廢性來測量時代精神的頹廢。也就是說，只有通過觀察整個民族都在遭受或享受的內在頹廢，才能把握那種社會歷史施加於它的外在暴力。進而言之，莫言保留了社會歷史批評與針對批評主體的批評之間的矛盾，以此審視批判現實主義的局限。隱藏在敘事聲音底下的表現主體無法避免那些被歷史附體的社會邪惡與修辭恐怖。莫言在他另一部小說《食草家族》（1993）的〈跋〉中明確指出：「讀者應在批判食草家族歷史時同時批判作家的精神歷史，而後者似乎更為重要。」這裡蘊含著莫言痛苦面對的終極悖論，和他在自反和自涉敘事中赤裸暴露的疑難。

　　從情節佈局上看，主角丁鉤兒在整個旅程中陷入的困境使得他無法實現剷除邪惡的意圖。丁鉤兒是歷史主體之失敗的象徵，他無法扮演把社會從非人道中解救出來的角色。同樣，在敘事上，莫言（敘事者或作者）也陷入了嚴重的表述困境，他的批判聲因此變得含糊曖昧，任何簡單的譴責也因此變得難以理解。莫言的頹廢敘事與丁鉤兒的頹廢行為互相呼應，其過度的主體性特徵令人質疑表現客體的公正性和準確性。這種過度不僅表現在物質上，比如對群體性的迷戀美食，或者居民沉湎於通姦和濫交的描述，還表現在形式以及風格和敘事的奇特性上。當丁鉤兒被捲入過度的活動中時，他的歷史功能便陷入了混

亂；與筆下人物如出一轍，當莫言的聲音陷入那經常打斷他敘事的完整表現主體的過度話語中時，敘事者或作者莫言也陷入了混亂。

小說的主要篇幅描寫了「特別偵察員」丁鉤兒去酒國市調查地方官員烹食嬰兒的犯罪案件。丁鉤兒與卡車女司機相互勾引的場面成為貫穿整部小說的放蕩淫亂的前奏。丁鉤兒剛到金剛鑽（酒國市委宣傳部副部長，重大嫌疑犯）從前工作過的煤礦，就被帶入眾官員為他特設的宴席，喝得酩酊大醉。直到他親眼看見端上來的一道菜裡有個形狀清晰可辨的嬰孩時，才從酒醉中猛醒——憤怒之下，他拔槍射擊，不過僅僅擊中那個嬰孩的腦袋。從槍擊的震驚中清醒過來的金剛鑽

等官員解釋說，嬰孩是用蓮藕、銀白瓜、豬肉和火腿腸等原料製作的。丁鉤兒對此堅信不疑，他嘗了一小口嬰孩，那滋味讓他喜不自勝。他就這樣滿心歡喜地加入了吃人盛宴（或許只是形式上的吃人），而且還喝得爛醉。在他酒醉睡去的這個夜晚，一個身上長著鱗片的男孩摸進來偷走了他隨身攜帶的物品，他無助地看著男孩行竊卻無力制止。

　　幾乎失去一切之後，丁鉤兒再度遇見女司機，並跟她回了家。二人做愛時意外地被她丈夫金剛鑽當場捉姦。金剛鑽羞辱了丁鉤兒，之後放了他。丁鉤兒和女司機前去拜訪一尺酒店的經理余一尺，向他打聽酒國烹食嬰兒的情況。然而，

丁鉤兒很快就發現，女司機是余一尺眾多情婦之一。丁鉤兒在憤怒地凌虐了她之後惶惶而逃。他在街上遊蕩時遇到一個老革命，老革命的話和酒刺激了他，他立即返回酒店殺死了女司機和余一尺。身為逃犯的丁鉤兒最終在酩酊大醉中看見所有的人——金剛鑽、女司機、余一尺，甚至他自己——在船中盛宴上吃嬰兒。他在急忙奔向船上時跌進一個大茅坑淹死了。

這個主要情節在小說中被公開聲明為「純屬虛構」，因為小說的敘事框架同時包括莫言與青年作家李一斗之間的通信。莫言作為敘事者或作者，在小說《酒國》中討論他正在寫作的小說《酒國》，李一斗則將自己的短篇小說頻繁寄給

這個叫莫言的作家，而這些小說又與他寫給莫言的信一起不斷插入《酒國》的各個章節。儘管李一斗的小說與主要情節在敘事框架上處於相同的層面，並且這些小說與《酒國》的主要情節並不相關，但敘事對象──人物、場景，甚至插曲式的事件──卻散佈在兩個不同的敘事領域中。由此，整部小說的結構顯得錯綜複雜：它不但講故事，也講作者（莫言和李一斗）對這些故事的想法；它不但是莫言所敘述的單個故事，也是由李一斗幫助完成的多層文本；李一斗的故事，與假定是莫言敘述的主要篇幅相互交迭。進而言之，李一斗的故事大部分來自他岳母、岳丈、妻子以及他朋友余一尺的真實記載，由於他把「真實的

生活」不斷帶進莫言虛構的小說，致使莫言那具
有自我意識的敘事不但創造了虛構和想像的場
景，也混合了已經發生、應當發生以及可能會發
生的事件。

以上論斷基於這樣一個事實：酒國不僅是李
一斗居住並寫作的真實城鎮，也是莫言虛構的小
說故事發生的場所。乍一看，這也許難以理解：
真實與不真實是否有可能在同一個小說文本中並
行不悖？悖論的實質正在於揭示對一般表現的質
疑，我將在後文對此加以詳細闡釋。在當下的語
境中，我傾向於給出的有效答案是：真實與不真
實同時並存的敘事複雜性，必須從小說的敘事
層面上去理解，在不同層面上，「莫言」這個名

字的功能是不同的。從文本上看，儘管莫言的小說始於他接到李一斗第一封信之前，但他的寫作似乎已經是對李一斗「紀實」寫作的一種（先知先覺的）回應——因為到最後，我們會發現二者之間眾多重疊的人物和事件（比如余一尺）。然而，我們又絕不能把莫言的寫作歸結於李一斗的啟發，因為說到底，從文本外的角度看，李一斗也不過是莫言整部小說裡的一個人物罷了。換句話說，是作者莫言使李一斗似乎獨立於小說中的敘事者莫言。這種對作者莫言和敘事者（人物）莫言的權宜區分當然或多或少解析了小說的晦澀，但也影響了小說的魅力，因為小說結構的反諷性正是要呈現二者的不可區分。正是作者莫言

陷入他所製作的文本中不可自拔,並且無法控制敘事的進展。在這個意義上,《酒國》對寫作自我的內向批判並不比對社會現實的外向批判來得少。

　　作為對歷史批判意義的參照,這部小說是對當前社會現實的頹廢和暴力的嚴厲批評;從形式風格和終極目的上,可以看做歷史意識發展的寓言,準確地說,是歷史意識的混亂發展的寓言──拷問歷史客體中的自纏主體,獲得暴露和探索。即使李一斗和莫言之間的通信也許可以看成是自我與超我之間的寓言式對話,那種心理結構的層次也是無法清晰辨認的,因為莫言的風格並不比李一斗的風格清醒多少,而且在小說的末尾

變成了爛醉的胡言亂語。這裡，在涉及風格的頹廢性之前，我們不妨先看一下與之平行的一面：歷史的頹廢性。

丁鈎兒和莫言的歷程：主體瓦解分裂的寓言

周英雄在《酒國》序言中指出，《酒國》同整個中國小說的傳統具有極為豐富的文本間聯繫。《西遊記》的一些章節也提到過烹食嬰兒，在《酒國》同《西遊記》的眾多關聯中，主題上的關聯似乎並不顯見，然而意義重大。周英雄認為，吃人是這兩部小說的共同主題，那是有待於通過旅行去剷除的邪惡。在《西遊記》中，唐

僧師徒的任務是經過九九八十一難到西方取得真經，一路上，他們要對付的大多是惡魔般的食人生番。《酒國》中的丁鉤兒被派遣去調查駭人聽聞的吃人案件，也同樣經歷了諸多磨難。不過，兩者之間有著實質性差異：《西遊記》的佛教遠征基本上是向上的，懷有神聖的使命；而丁鉤兒的偵探任務卻是為了獵取一個惡魔般的目標。雖以正義為名，丁鉤兒卻經歷了極度的放蕩和腐敗：通姦、酗酒和饕餮。

因而，如果《西遊記》中的災難最終引向了凱旋的，或至少是喜劇的尾聲，《酒國》中丁鉤兒的放浪尋歡卻是他正義使命頗為荒誕的慘敗的前奏。丁鉤兒最終和「理想、正義、尊嚴、

榮譽、愛情等等諸多神聖的東西」，還有「所有可以想像的髒東西」一起，令人作嘔地沉入了茅坑。從這個意義上說，丁鈎兒的反英雄主義或反諷英雄主義歷程是對中國古典小說《西遊記》的重寫，因為在《西遊記》裡我們至少可以找到頑皮而快活的英雄孫悟空，依靠自己或神明的力量將人們從困境中解救出來。

這樣，《酒國》似乎就成為一次對原型歷程的誤喻式的重述。這裡，誤喻意味著相應功能的媒介體永恆地缺席：丁鈎兒是一個豬八戒式的人物，被誘惑並沉溺於食色之中，卻處於孫悟空的地位，擔負著關鍵的使命。這種分裂的身份，或者說在實際和名義間的裂痕，便是荒誕性所在。

丁鉤兒顯然無法承擔他的身份所應起的作用：他同女司機的持續關係使他酒國之行的初衷日漸模糊甚至被忘卻，並且時時將他置於尷尬的境地中。此外，他對嬰兒宴的參與決定性地將他的角色從偵察員轉換成罪犯之一。

　　在《西遊記》最後一章，「五聖」終成聖果，均被授予佛的稱號以表彰他們的業績。丁鉤兒卻成為甚至連悲劇光環都沒有的犧牲品。兩部小說旅程都同樣充滿了誘惑。《西遊記》體現了清醒的頭腦——智慧、信念、和美德——戰勝蠱惑人心的誘惑，《酒國》則表現了智慧、信念和美德被顛倒和毀滅的短暫旅程。事實上，丁鉤兒喪失了揭示罪惡的能力，幾乎由於他自己的不道

德行為被迫放棄應有的責任。一系列事件使他的
旅程越來越具有反諷性：當他和女司機的姦情被
她丈夫金剛鑽當場逮住時，偵察員和罪犯的角色
恰好對換；當他出於妒忌殺死女司機和她的情人
余一尺而逃跑後，他從通緝罪犯的人徹底變成被
通緝的人；最後，當他幾乎要抓住吃人罪犯時，
他不合時宜地掉進了茅坑。

　　揭露風格意義上的頹廢和歷史意義上的墮
落，是讓人去質疑作為主導的啟蒙主義觀念基礎
的進化論。莫言關於衰頹的觀念早在他的《紅高
粱家族》中就初有表露，家庭的浪漫愛情故事似
乎可以歸結為對馬克思主義社會發展觀的反動：
將「我爺爺」、「我奶奶」那一代有著非凡力量

和勇氣的祖先，與「我」這個「被骯髒的都市生活臭水浸泡得每個毛孔散發著撲鼻惡臭的肉體」進行比較，「證明了兩種不同的人種」。這是嚴格意義上的退化，預示了《酒國》對現代個體和集體腐化的直接展示。丁鉤兒的墮落歷程暗示了依靠人類力量進行贖救的不可能性，那只會導致更加嚴重荒誕的災難。

在戲仿對真相的解釋性和實踐性探尋中，丁鉤兒作為偵察員還使我們想起樣板戲《智取威虎山》中的楊子榮，在末章莫言的酒後胡言中也順便提到了他。這個偵察英雄代表黨的大救星，將世俗社會救出苦海；而丁鉤兒也是由黨控制的檢察機關派出的，卻自己陷入了罪惡中。莫言似乎

有意將丁鉤兒與楊子榮進行對比，小說描寫丁鉤兒道：「有人走向朝陽，他走向落日。」如果楊子榮因為「胸有朝陽」，對實現他的目標充滿自信，那麼作為小丑的丁鉤兒在小說的末尾甚至失去了確定的目標，「他悵悵地面對夕陽站著，想了好久，也不清楚想了些什麼」。從這個意義上來看，作為一個無能的偵察員，丁鉤兒是世俗救星的反面形象，無法推動歷史的進步，反而註定墮落到血腥和惡臭的黑暗中，甚至連自己都無法拯救。

　　《酒國》顯然沒有以描寫丁鉤兒的墮落及金剛鑽、余一尺等人的罪惡而成為批判現實主義的作品。它後設敘事的框架反而避免了敘事和表現

的同一。當表現的過程被呈現時，小說就不在於
僅僅描述丁鉤兒的偵探歷程，而同時描述了莫言
的敘事歷程。當莫言試圖把小說繼續下去，卻感
覺無法控制他的人物的時候，它最終呈現了莫言
小說敘事的無能。這樣，莫言的敘事歷程相應並
模仿了丁鉤兒的滑稽歷程。莫言在最後一章中出
現在李一斗的真實的和丁鉤兒的虛構的酒國市，
加入了丁鉤兒曾經吃過的宴席，只是紅燒嬰兒未
曾出場。莫言用醉來重複（或模仿）丁鉤兒的
角色（在他的大段獨白中，他於昏沉沉裡終於
意識到「醉死在酒國竟跟丁鉤兒一樣了」），
使整部小說結束於他們各自使命的絕對深淵：醉
倒，或者喪失精神和肉體的拯救能力，成為唯一

的真實。

　　小說因此含有寓言的雙重暗示：批判歷史主
體的不可實現性和批判表現主體的不可實現性。
如果說丁鉤兒扮演了一個不成功的歷史正義角
色，那麼莫言也同樣以全知全能的表現主體挑戰
他自己的角色，這樣的主體據說能夠窮盡現實中
的秘密並且揭示終極的歷史真相。對丁鉤兒（他
的社會責任感與他本人的淫蕩慾望同樣強烈）
和金剛鑽（他的行為是墮落還是高貴最終難以裁
定）這種人物的概念化敘事曖昧而又不可思議。
同樣，吃童子肉的罪證的不確定性，揭示了現實
主義的極端困難或者問題：批判主體的局限暴露
無遺，使人對表現主體的絕對全能產生了懷疑。

作為佔用總體化獨白聲音——即通過為敘事對象
提供天衣無縫的畫面，努力成為無可爭議的聲音
——的中國現代小說敘事範式的對立面，莫言的
敘事通過洩露分裂和差異拆解了這種膚淺而同一
的聲音。

肉慾的過度放縱：酒囊飯袋與食人魔

　　然而，莫言的敘事主體的自反審視不乏對社
會文化的批判。他的敘事是文化批判中的自我批
判，在某種程度上，敘事者與他自己的敘事都置
身於同樣的社會文化背景之中。在小說中，社會
文化批判的重點就是頹廢的生活方式，而酒則是
其中的主要媒介。

正如標題所示，酒似乎就是人物發展和敘事的動因。在酒國，酒起著社會生活中決定性的作用。不過，這種社會功能是悖論式的，莫言似乎清醒地認識到了這個事實，正如他給李一斗的信中所講：「人類與酒的關係中，幾乎包括了人類生存發展過程中的一切矛盾及其矛盾方面。」一方面，酒通過醉把人從現實的、正常的、理性的生活中拖曳出來，帶進幻覺的、反常的、非理性的世界。在《紅高粱家族》裡，莫言便展示了酒的這種解放功能。酒成為打破社會枷鎖或反抗侵略者的勇氣的源泉。「自我醺醉」表明了驅除社會意識壓抑的願望。而另一方面，通過醉而獲得的暫時的瘋狂也標誌著自我意識的喪失，標明了

外界力量（表面上是自然的但根本上是社會的力量）的徹底支配。在這裡，《酒國》的醉不能被看作是積極的、自律的，而必須被看作消極的、他律的行為，是對自我意識的被迫放棄。於是，同《紅高粱家族》裡余占鼇（我爺爺）相反，《酒國》的丁鈎兒和莫言是酒的受害者。他們不得不加入到這個酗酒的團體中去，拋棄了社會的秩序和心理的完整。丁鈎兒在金剛鑽的盛宴上醉酒後甚至分裂了靈魂和肉體，這個余占鼇的墮落後代在第一人稱和第三人稱之間搖擺不定，喪失了自我的同一身份。丁鈎兒無法用他的意識控制他的肉體。酒於是由享樂的源泉轉化成道德淪喪和歷史衰微的源泉。

　　頹廢不僅意味著社會邪惡，而且還蘊涵著
人類享樂的欲望。莫言的社會批判不僅指向罪
惡，而且還指向享樂，尤其是這部小說中所謂的
美食、飲酒，特別是集體飲酒在美食中扮演了重
要角色。作為中國傳統文化遺產的一部分，《酒
國》中的美食是當代中國文化頹廢的寓言性概
括。美食，對珍奇美味的極端熱愛誘使丁鉤兒陷
入難堪，例如在金剛鑽的盛宴上，奇異美妙的滋
味讓他無法拒絕嬰兒肉的吸引，他喝得爛醉，被
人剝光了衣服，被人偷走了他隨身攜帶的所有物
品。依此類推，小說可以被看作是風格上對縱慾
過度的過度揭露，我將在後文探討這個主題，那
就是頹廢的本質。

　　在小說中，已婚男子丁鉤兒同婚外的女人
發生性關係，而這個已婚的女司機，又同更多的
男子調情作愛。這種性的過度成為種種災禍的
根源：丁鉤兒因為被女司機的丈夫金剛鑽捉姦而
失魂落魄，而女司機也因為同另外的情人余一尺
通姦而被丁鉤兒射殺。丁鉤兒因此受到員警的追
緝。具有諷刺意義的是，侏儒余一尺是「市個體
戶協會主席，省級勞模，一尺酒店總經理，中
共預備黨員，與酒國市二十九名美女發生過性
關係」，女司機是其中的第九名。事實上，縱
慾過度在這裡不僅表現在通姦上，甚至還表現
在做愛的方式上。小說開頭丁鉤兒與女司機的
相互勾引一點也不浪漫，而是充滿狂熱甚或野

蠻。女司機對丁鉤兒要吻她的反應是「突然漲紅
了臉，用吵架一樣的高嗓門吼道：『我他媽的
吻吻你！』」此後，光著身子的女司機在她自
己家裡用一個中國武術的「掃堂腿」制伏了丁
鉤兒，「打得他四爪朝天擺在地毯上」，然後
「縱身騎在了他的肚子上。她雙手拽著他兩隻
耳朵，屁股上躥下跳，墩出一片脆響」。過度
的肉慾在這裡不僅表現在數量上，而且還表現
在品質上：它被轉換成某種相當令人厭惡的而
不是感性的東西。

　　依此類推，小說的驚人效果不僅來自對過度
放縱的性交和飲食的描寫。從通姦中衍生出暴力
和殘酷，丁鉤兒的情殺罪是淫亂羅曼史的邏輯結

果。穢物癖和食人癖則源於美食。從這個意義上
來說，穢物癖和食人癖就是過度美食最具諷刺意
味的變種。作為不尋常的吃，美食就自然包括了
吃動物的生殖器和人肉。這裡，孫隆基提出的中
國文化內的「口腔文化」和「肛門文化」──他
的意思是暴飲暴食和不知羞恥的肉體裸露或淫穢
──在《酒國》中牢牢結合在一起，莫言暗示肛
門文化只是口腔文化的一個有機部分。李一斗故
事中的「龍鳳呈祥」一菜，也就是一尺酒店全驢
宴上的公母二驢的生殖器，揭示出中國優秀文化
包裝裡的無恥和墮落。

　　《酒國》中最駭人聽聞的主題當然是吃人：
在酒宴上吃紅燒嬰兒，在烹飪學院賣肉孩，在課

堂上教授如何殺嬰做菜。《酒國》中的吃人是源
於食物的過剩，而不是短缺。吃人沒有發生在饑
荒時期，甚至不是出於吃仇人肉的衝動，而是僅
僅為了美食的享受或刺激。這種享樂在主流文化
裡並不遭排斥，相反，它被納入主流文化，和社
會秩序、道德修養結合在一起。《論語》中就
有不少關於飲食與禮的討論，例如在〈鄉黨〉篇
中，孔子強調了食品烹調和享用的品質與社會禮
節之間的關聯。這個主題在李一斗的「毛驢街」
中以變相的戲仿再次出現：

　　人為什麼要長著一張嘴？就是為了吃喝！
　　要讓來到咱酒國的人吃好喝好，讓他們吃

　　出名堂吃出樂趣吃出癮，讓他們喝出名堂
喝出樂趣喝出癮，讓他們明白吃喝並不僅
僅是為了維持生命，而是要通過吃喝體驗
人生真味，感悟生命哲學。讓他們知道吃
和喝不僅是生理活動過程還是精神陶冶過
程、美的欣賞過程。

　　如此動聽的美食哲學恰恰是整篇《酒國》
所要質疑的。酒國市，這個以美酒美食聞名的城
鎮，絕不是一個道德純粹的樂園，而正是一個腐
敗的社會。女人們懷孕僅僅是為了作為食品原料
出售孩子，母愛當然也就蕩然無存：當小寶（被
出售的孩子）因被打和水燙而大哭起來的時候，

母親所關心的竟然是皮膚燙壞或打壞會影響出售的價格。在這裡作者似乎提醒我們一個殘酷的事實，吃人的文化並不能簡單歸咎於吃人者，每個文化基質都是其中的一部分，而受害者有時甚至也很可能是幫兇。

美食和吃人的同構型表現在李一斗的小說《烹飪課》中烹飪學院教授「我岳母」的課上，這堂課企圖在偉大教育傳統和先進科學文明的基礎上來解釋製作人肉的方法。這堂課的內容慘無人道：現代科學方法以美食的名義為野蠻服務。美食橫跨了科學與吃人，文明與野蠻的距離被徹底取消。頹廢或頹敗於是不僅僅可以理解為欲望的過度，更可以作為文化或文明的過度，理解為

欲望的異化。如果說文明的發展只是過度的或毫無節制的文明，那麼野蠻殘暴則同時被體現為對文明的消費和戲仿。無論如何，莫言並沒有譴責集體意識中的潛在病態是十惡不赦的，反而在美食所包含的欣喜和愉快中呈現這樣的病態場面。

《酒國》中的美食主題應當放在這部小說發表之前的其他當代文學作品和中國傳統小說中去考察。從這個角度來看，也許有必要回顧一下1980年代早期和中期的文學作品，如陸文夫的《美食家》（1983），阿城的《棋王》和劉恒的《狗日的糧食》（1986）中對飲食或明或暗的不同態度。舉例來說，吃在阿城的《棋王》裡被描述為人的自然活動，用以抵制社會環境的壓抑或

機巧。這種非文化的角度當然是從道家或佛家的文化哲學中得來的，它成為文化大革命後反思潮流中的一帖精神止痛劑。而在劉恒的《狗日的糧食》裡，饑荒年代的糧食成為集體心靈中象徵性的文化客體，儘管是暫時空缺的客體。這兩篇作品各自以負面的方式涉及了美食文化，而美食文化都潛在性地起著正面作用。在《棋王》中，對美食文化的拒斥，也就是最原始自然的飲食方式，被描述為對生活的超脫；另一方面，在《狗日的糧食》裡，作為美食對立面的食物匱乏卻被現實地、象徵性地當作中國文明的首要問題，一個遭到寫作行為（而不是社會實踐）拒絕的問題。

在上述三部作品中，陸文夫1983年初發表的小說《美食家》最直接觸及了我們的主題。《美食家》所表達的顯然是80年代初的文化樂觀主義，甚至政治樂觀主義。在這部小說中，陸文夫小心翼翼地用一種幾近極端的方式，通過描寫一個美食家的各種體驗來巧妙傳達中國美食的文化意義，主角朱自冶的美食史似乎也是共和國的政治風雲史，我們可以通過他的味覺來測量政治氣候。作為口腔文化的出色代表，朱自冶時時傳達了平民的喜怒哀樂，這些情感無不包含在口腹的滿足或失望中。歷史與烹調就這樣奇異地交織在一起，展現一個理想的社會，一個由美食家（即使不是饕餮）組成甚至統治的社會。對於政

治動盪中的社會文化的沉思就這樣讓位給文化精華論，從而導致民族和集體的享樂主義欣快症。從這個意義上說，《酒國》正是對這一類欣快症的中斷，在華美的文化旋律中穿插了極為刺耳的音調。它是對80年代中期以來文化樂觀主義潮流的警醒，這股潮流忘卻了文化實體作為歷史形態（而不僅僅是作為精神或感性的抽象現象）的內在噪音。

　　對美食文化頹廢性的展示似乎至少可以追溯到《金瓶梅》和《紅樓夢》。作為一本同時展示和批判市民享樂生活的小說，《金瓶梅》頗為熱衷於羅列有關飲食文化的場面。此後的小說經典中，《紅樓夢》也寫了絕不遜於酒國排場的

大小宴會聚餐。這些描寫都可以與酒國的「全驢宴」媲美。《金瓶梅》、《紅樓夢》與《酒國》之間的親和性在於這些狂飲暴食場面都沒有呈現為孤立的景觀，而是在不同層面上被安置為結構性衰敗的預示。當然，《酒國》具有另一種特殊的激進性，將狂歡的宴飲轉化為吃人鬧劇。在呈現從美食到吃人的墮落上，《金瓶梅》和《紅樓夢》並沒有像《西遊記》走得那麼遠。相比之下，《西遊記》同《酒國》更為接近，因為在《西遊記》中，吃人的主題幾乎一直縈繞在整個情節中，正如周英雄指出的那樣。由此可見，李一斗當然完全有理由將他的作品稱作「殘酷現實主義」或者「妖精現實主義」，因為它們與《西

遊記》「殘酷」和「妖精」的特點密切關聯。在
《西遊記》中，妖精千方百計要吃的唐僧肉既鮮
美又能延年益壽，童子肉也有同樣的功能。和
《酒國》更有關的是，《西遊記》也多次提及了
童子肉的鮮美，吃童子的心肝可以長生的說法是
中國美食的重要組成部分。

　　正如在這二者之間的另一篇傑作──魯迅
的《狂人日記》一樣，《酒國》和《西遊記》都
可以讀做吃人和反吃人的歷史。不過，孫悟空的
「救救孩子」和救救師父的功績是《酒國》中的
丁鉤兒或李一斗無法企及的。李一斗儘管自稱是
《狂人日記》的繼承者，也情不自禁地愛上年輕
而富有魅力的岳母──烹調學院的教授，紅燒嬰

兒的發明者，因此也是吃人團夥的要犯之一。丁
鈞兒儘管不願對宴席上的嬰兒下手，卻一旦聽到
「這不是嬰兒」的承諾，便「扎起一片胳膊、閉
閉眼，塞到嘴裡。哇，我的天。舌頭上的味蕾齊
聲歡呼，腮上的咬肌抽搐不止，喉嚨裡伸出一隻
小手，把那片東西搶走了」。顯然，如果魯迅的
狂人是害怕被吃的妄想狂，丁鈞兒則以無法保持
一貫的、精神分裂的姿態加入了吃人的社團。丁
鈞兒與魯迅的狂人的不同之處在於，儘管意識到
自己的參與，他卻對自己的罪行一無所知。

　　連《西遊記》也有貫穿著整個敘事過程的反
諷時刻。最顯見的事實是，主角孫悟空的自身能
力總是有限的，他在很大程度上要依賴救苦救難

的觀世音菩薩去消滅吃人惡魔，拯救民眾於危難之中。而現代主義的視點卻始終看不到逃離威脅的可能：魯迅的狂人成為吃人社會的永恆對手，用沒有回聲的對拯救的呼喊傳達終極的理念。

莫言的後現代主義版本則不涉及任何目的論終點，並且拒絕將罪惡看做僅僅是外在的恐嚇。丁鉤兒和李一斗如此輕易地同吃人社會不可分割，說明了最可怕的危險也許並不來自可感的暴行，而在於暴行的不可觸及或難以認知，在於對自身的潛在暴行一無所知。也就是說，吃人，或任何其他集體或社會暴行，首先必須從個體那裡內向地、以自我解構的方式去追蹤。不然，正

如《酒國》所顯示的向外尋找罪犯的無效性，消除暴行的努力最終變成對暴行的參與。魯迅的狂人因為自己可能參與過吃他的妹子而感到內疚，為此他不屈不撓地呼籲同欺騙他的社會做鬥爭，而丁鉤兒卻在他的整個旅程中對他的罪惡渾然不知，直到他滑稽地沉入茅坑，永遠地失去了「救救孩子」的機會。在畫舫上舉行的吃人宴席上，他在餐桌旁「看到了許多熟悉的面孔，有一張臉甚至酷肖他自己」。這個具有諷刺意味的事實足以表明外出搜查罪犯的無效性。篇首所引的丁鉤兒墓誌銘寫道：「在混亂和腐敗的年代裡，弟兄們，不要審判自己的親兄弟。」我們可以推論，應當審判的只有自我，這個吃人的兄弟團夥中的

一員。

　　在李一斗所寫的短篇《神童》中，小妖精成為反抗吃人社會的暴動領袖，甚至呼籲絕食抗議，這個場面可以被看作是最後遭到鎮壓的學生運動或任何被歸結為革命或反抗的正面歷史事件的寓言式寫照。然而，小妖精遠遠沒有被描寫成英雄式的人物。相反，他是另一個暴君，軟硬兼施地在嬰兒群體中建立起自己的權威，甚至禁止別的孩子插話。他用同樣的殘忍咬去不聽話的嬰兒的耳朵，用手挖出敵人的眼睛。於是在《酒國》裡，我們驚人地看到了野蠻的反抗者和受害者（丁鉤兒、李一斗、小妖精及其隨從者、金元寶及其妻等）的野蠻。嚴格意義上的自我審判或

自我審視意味著沒有人能夠逃脫對吃人社會的責任：當你計數罪犯的時候，你總會發現另一個多餘的人——你自己，正如丁鉤兒在淹死前終於發現的那樣。

話語的過剩

在這部小說中，莫言用頹廢的語言打造了萬花筒般絢麗多彩的場景，從中我們可以看到「各枝蔓岔出的閒話廢話笑話餘話，比情節主幹其實更有看頭」（王德威〈吃喝拉撒見奇觀〉）。多餘或過剩是《酒國》頹廢風格的主要特徵。從某種意義上說，敘事話語的過剩成為小說修辭上解構力量的決定性因素。

　　根本的頹廢是話語的頹廢。「龍鳳呈祥」一
菜並不僅僅指示了美食文化的污穢性，更重要的
是揭示了傳統象徵話語中自我消解的特質。李一
斗所稱的用「中華民族的莊嚴圖騰，至高至聖至
美之象徵」來「化大醜為大美」實際上反而是化
大美為大醜。他誤用成語來形容龍與鳳「含義千
千萬萬可謂罄竹難書」，倒顯示了無意識中對象
徵話語的罪惡性的暗示。象徵的光彩同成語的貶
損互相拆毀了話語性。總而言之，對作者莫言來
說，用語言惡化的方式拒斥了貌似理性的話語統
治。我們可以發現小說的整個敘事成為主流話語
的極端冗贅化、無聊化，通過戲仿的方式使話語
的有效性變得十分可疑甚至滑稽。李一斗的《酒

精》中對童年金剛鑽的描述就充滿了這一類誤
用、濫用的陳詞濫調，用高昂的、頌詞般的語言
垃圾來解構整個話語體系：

　　那裡的一山一水一草一木都將喚起我們對
　　金副部長的敬仰，一種多麼親切的感情
　　啊。想想吧，就是從這窮困破敗的村莊
　　裡，冉冉升起了一顆照耀酒國的酒星，他
　　的光芒刺著我們的眼睛，使我們熱淚盈
　　眶，心潮澎湃，……童年時期的痛苦與歡
　　樂、愛情與夢想……連篇累牘行雲流水般
　　地湧上他的心頭時，他是一種甚麼樣的精
　　神狀態？他的步態如何？表情如何？走動

時先邁左腳還是先邁右腳？邁右腳時左手
在甚麼位置上？邁左腳時右手在哪裡？嘴
裡有什麼味道、血壓多少？心率快慢？笑
的時候露出牙齒還是不露出牙齒？哭的時
候鼻子上有沒皺紋？可描可畫的太多太
多，腹中文辭太少太少。

很明顯，主流話語在這裡匯成漫無邊際的胡
言亂語，儘管還帶著高尚的辭令。話語性遠遠溢
出了它應有的含義，用可怕的多餘性刺痛我們。
同樣的，某種主流話語中特殊的抒情風格一旦與
恐怖相應，也更清楚地揭示了話語的罪惡。當丁
鉤兒到達金剛鑽等人的辦公樓前時，他在花園裡

看到的是「葵花朵朵向太陽」（典型的主流文學用語），樺木散發出「特有的、甜絲絲的醉人氣息」；嬰兒市場甚至坐落在有噴泉和啼鳥的地方，金元寶帶著他要出售的兒子「如踏入仙苑，周身的每一個細胞都在幸福中顫抖」。而當男嬰以特等價格售出時，「元寶激動萬分，眼淚差點流出眶外」。這樣的陳詞濫調自然讓人聯想起「樣板戲」《海港》中馬洪亮看到改建的碼頭時「熱淚盈眶」的場面。毫無疑問，正是高度的話語性使我們在野蠻面前加倍地毛骨悚然，似乎恐懼並不來自野蠻，而是來自話語的過度的文明。這裡的過度必然是敘事的誇張，它揭露了主流話語的內在功能。

那麼，如果對馬克思來說，商品的剩餘價值是資本主義生產從真正的、創造性的勞動那裡的反諷式游離，話語的剩餘價值便應當看做是語言從真實或真理那裡的反諷式出軌。誇張就是話語的剩餘價值的修辭特徵。總體來看，《酒國》正是一篇話語不斷增生的敘事，製造或複製了無數永無可能適應客觀現實的話語因子。然而，《酒國》恰恰要處理這個話語的現實：話語的無限繁衍展示為歷史衰頹的形式基礎。

也就是說，歷史衰頹結構於話語頹廢之中，這種頹廢被理解為話語病毒引起的發燒和擴散。這裡，主流話語的偉岸風格蛻變成高調的廢話、無恥的謊言，它既過於虛弱，又過於強壯：它的

虛弱在於它的敘事沒有能力把握客觀現實，而它
的強壯在於它的意識形態優勢有能力感召大眾。

　　《酒國》中最令人疑惑的可能是金剛鑽酒
宴上的嬰兒一直沒有確定是真是假。莫言在眩人
耳目，玩弄花招，或者在批判的力度前猶疑嗎？
必須明確的是，莫言在這裡恰恰觸及了寫作的深
度：表現的絕對困境或無能。當莫言不展現給我
們一個肯定的、真實的嬰兒宴的時候，對罪惡的
簡單表現便轉移為對罪惡的不可表現性的表達，
轉移為對掩蓋罪惡的話語的罪惡性的暗示。這是
一種有意的脫漏，避免了現實主義對辯證法的粗
陋挪用：沒有什麼可以通過簡單的揭示、否定或
清除而達到一個無瑕的更高境界。

　　相反，這種相信罪惡能夠被輕易展示而全
面規避的傾向恰恰是我們永恆的危險。很明顯，
罪惡的話語性本身就拒絕了最罪惡的簡單認識，
因為這種簡單認識必然也是同一種話語系統之內
的，是罪惡的一部分。只有從話語內部展示出話
語自身的形式罅隙，才有可能窺視到罪惡的可憎
面目。似真似假的嬰兒正是在話語的縫隙中所透
露的，指示了話語的無恥和無能。一方面，金剛
鑽在酒宴上用黨的準則、標準的話語站在吃人的
對立面從而使吃人的活動變得合理；另一方面，
李一斗的岳母在課堂上能夠驚人地用同樣的話語
將吃人的觀念納入話語系統之內。這種話語自身
的斷裂正是《酒國》的敘事所要提供的：只要話

語具有它掩飾、移置的功能特權，歷史的真實就不可能現實地或表現式地揭示於話語系統之內。於是敘事必須轉向它自身：演示它自身的話語性，尤其是它在話語內部指認真實的努力的慘敗。

　　這就是後設敘事的意義。這也就是後設敘事為什麼必須理解為反敘事，或自我瓦解的敘事，因為敘事自身必須意識到它表現的話語限度和困頓，而不是它的全能。這樣，現實就成為不可比擬的，也就是說，不可用話語規範去把握的，這種不可比擬性提醒了我們現實中的持久危險。這是一種沒有能力處理現實的危險，因為話語橫斷了現實和把握現實的願望之間的通道。李歐塔

的所謂的「震懾」（sublime）──相對於和諧
的「優美」（beautiful）──就存在於這種不可
比擬性的概念中，混合了痛楚和快樂：閱讀的快
感正是來自某種痛楚的因素──包括對不可理解
性的認識，以及命定的誤現。這正呼應於周英雄
在《酒國》序言末尾的總結性評價：「恐怖、過
癮」。對李歐塔來說，崇高和昇華是相反的，後
者企圖逃避現實與意識之間的不可調和。而這個
差異也就存在於《紅高粱》的莫言和《酒國》的
莫言之間。在《紅高粱》裡，那種不可表現的東
西還是一種懷舊的理念，即李歐塔所謂的「缺失
的內容」：甚至野蠻和暴行也能轉化成悲劇性的
和肯定性的。真實的暴行在《酒國》裡卻變得無

法捕捉：它被認知為話語性的，並且過於話語性，以致所有的人都被驅動——或更準確地說是被迷惑——到這獸行的歷史中而無法自我解脫。

　　對莫言來說，只有在首先具備了敘事主體的內在批判，即自我批判或自我解構，或者是對客觀批判局限的主體自我意識的前提下，對客觀社會歷史的外在批判才能成立。誠如我分析的那樣，《酒國》中的敘事批判話語被展示為陷在同樣的歷史危機中，無法免除對自身的批判性審視。這就是說，小說的敘事非但不再居高臨下，而且還在過度的修辭或敘事反諷中顯示出其自身的不足與困境。正如小說主角那樣，《酒國》的敘事主體並不具備將歷史總體化的那種全知全能

的力量。中國現代小說中的絕對表現範式因此受
到質疑：在莫言的無情反諷中，表現同時表現為
對表現的質疑。進而言之，莫言的質疑表現的觀
念並沒有導致絕對取消表現，而是暴露了表現過
程中的裂隙。這並不意味著認識論意義上的虛無
主義，而是意味著同時意識到自身缺陷的歷史主
體，或者自相矛盾地意識到超越之困境的超越性
主體。

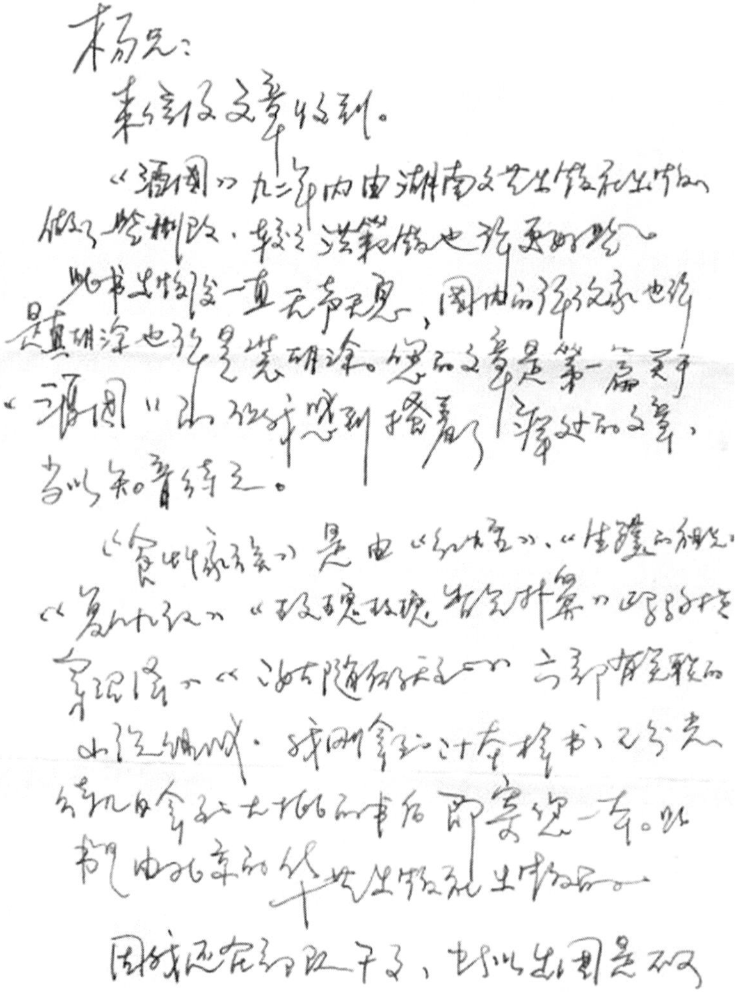

莫言認為楊小濱評《酒國》是「搔著了癢處」的「知音」。

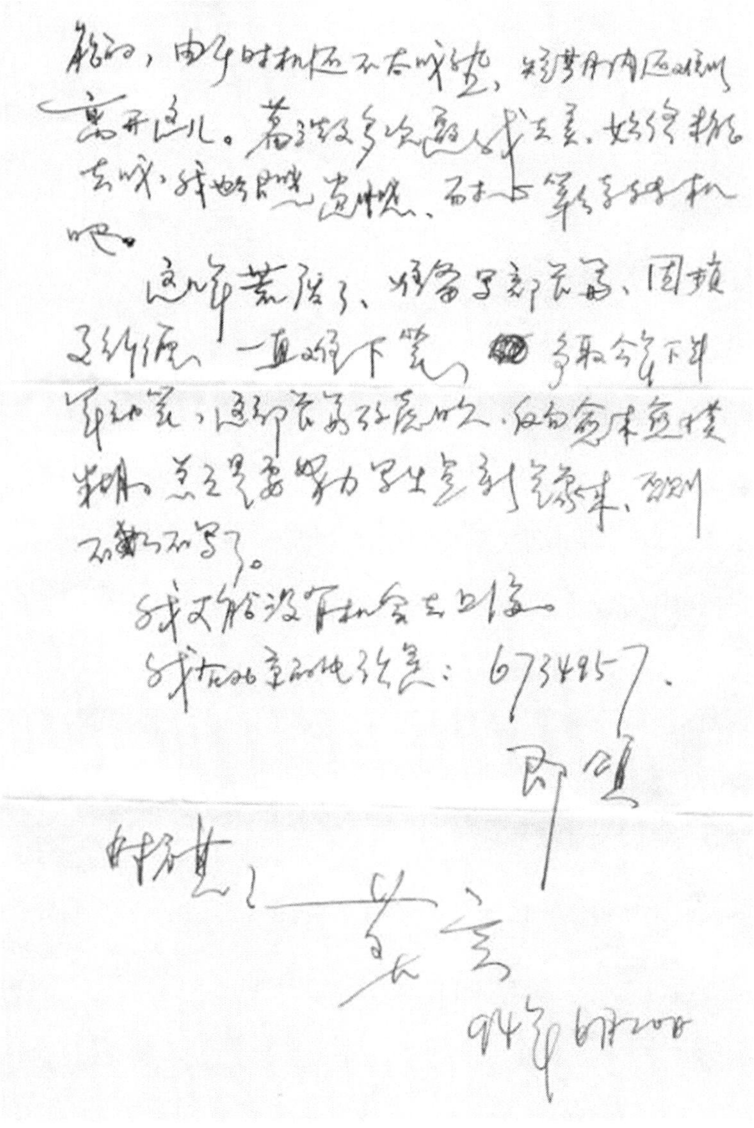

《十三步》：
莫言筆下的奇詭世界
與紊亂心靈

　　作為一部長期被忽略的傑作，《十三步》
是莫言第一部具有荒誕、奇幻意味的長篇小說，
突破了早期作品的浪漫氣息，融入了大量的後
現代主義風格。《紅高粱家族》以後，莫言的風
格漸漸發展變得和早期迥然不同。那種懷舊的、
浪漫主義的色彩轉化成對歷史、現實或心理的紊
亂和荒誕的呈現。他在《歡樂》、《紅蝗》等作
品裡語言的放縱恣肆來自心靈對外部世界的特殊

敏感，卻招致包括新潮批評家在內的非議。從莫言／寡言到聒噪／嘈雜，莫言漸漸從美學走向了「醜學」——具有崇高或震懾（sublime）的意味，而作品的內在洞察力變得更加銳利。

1989年出版的長篇小說《十三步》可算是莫言中後期風格的開端。小說的情節主幹並不算太複雜，卻足夠荒唐：物理教師方富貴猝死之後又復活，被妻子屠小英認為見了鬼，只好讓鄰居和同事張紅球的妻子李玉蟬，一個殯儀館整容師，動手術把容貌換成張紅球，而真正的張紅球卻被整容師驅逐出去流浪街頭，遭遇各種倒楣事情。問題是，方富貴為了不讓妻子驚恐，換成張紅球的臉，卻反而無法使妻子相信自己的身份，而

整容師本來就已厭棄張紅球，方富貴只好在明裡當了整容師的「丈夫」，而在暗地裡還試圖「勾引」自己的妻子，卻仍舊屢屢碰壁。

從主題上來看，小說當然表達了一種卡夫卡式的主體的錯亂或喪失，不過不同的是，這種身分的危機在某種程度上不但是自我的選擇的結果，竟然還是捨不得輕易放棄的：方富貴在朋友之妻那裡獲得的別致的滿足對他來說並不引起良心的內疚。這種對人性荒誕性的揭示不能不說是莫言洞察力的體現。

這部小說也是當代文學中對人慾橫流的文革後社會較早的深刻書寫：身體快感（甚至飲食快感）不再具有純粹的理想和幸福的光環，同時也

沒有站在歷史制高點上的道德批判或社會教化。
莫言所描繪的性愛關係溢出了早年歌頌激情與解
放的界限，而轉移到對偷情、通姦、濫交（也包
括李玉蟬和王副市長、李玉蟬和殯儀館長、李玉
蟬和「老猴子」、屠小英和車間主任……）等隱
秘社會現象的揭示。

　　對死者復活、整容成鄰居的容貌、吃粉筆
的怪癖、老鼠啃耳朵、動物園管理員變成瘋猴等
事件的奇幻書寫也是這部小說一大特色。而小說
中怪異的人物身份，如殯儀館整容師、猛獸管理
員、兔肉罐頭廠工人等更增強了詭譎的氣氛，並
且引向了情節的怪誕。比如猛獸管理員在和殯儀
館整容師偷情不成時，轉而脅迫殯儀館整容師盜

竊屍體作為越來越缺乏的猛獸飼料。莫言還常常
以抒情的語調書寫不堪的現實,以主客觀之間的
錯位來營造震驚效果。比如說,在整容師解剖屍
體時,「肚子上盛開了一簇龐大的白菊花」,或
者在「皎潔月光」下猛獸管理員逼迫殯儀館整容
師去跟猴子獸交……。

因此,小說不僅納入了多重聲音(敘述人
稱視角不斷變換、對引述的引述)、多種文體
(夾雜新聞報導、民間傳說、考卷試題、民謠兒
歌等)的手段,敘述方式也具有強烈的反諷甚至
蓄意自相矛盾(小說虛擬了幾種不同的屠小英的
結局,王副市長被抬到殯儀館的時間兩種都正
確)、蓄意含混不清的色彩(「物理教師」的稱

呼常常使讀者感到困惑）。粗鄙的、卑劣的、不幸的現實生活被赤裸裸地展示出來，卻始終保持著愉快輕鬆的語調，形成強烈的反差。這種反差把生存的困境暴露無遺：悲劇總是以喜劇的形式出現，以致於人們每每自願地投身到悲劇之中。

《生死疲勞》：魔幻當代史

莫言在獲得諾貝爾文學獎後接受諾貝爾獎組委會電話採訪時，在自己眾多的作品中推薦的是長篇小說《生死疲勞》，他說「因為這本書比較全面地代表了我的寫作風格」，可以說是「對社會現實的關注和對文學探索、文學創作的一種比較完美、統一的結合。」這個說法，和諾貝爾獎委員會的頒獎評語──「迷幻現實主義融合了民間故事、歷史與當代」──有著驚人的聯結。

古典神怪小說的繼承

　　《生死疲勞》時間涵蓋了1949年後直到上個
世紀末的中國當代歷史，從最初的土地改革到50
年代的互助合作社到大躍進和「文革」，一直到
改革開放後今日中國，可以說是一部當代歷史的
魔幻故事版。

　　據莫言說，這部拋棄了電腦寫作重新拾回
手寫感的小說，五十萬字左右的初稿只用了43天
時間就完成了，但素材的積累和對小說的構思卻
經歷了幾十年。他在鄉村的童年生活裡，有一個
農民堅持與合作化對抗，最後經歷了一生的坎坷
命運。小說以此為基礎，卻轉化為一個奇幻的魔

怪小說：莫言把《生死疲勞》構思成一個在土改運動被處決的地主西門鬧六度投胎轉世的故事，他依次投胎為驢、牛、豬、狗和猴，最後又再度投胎成人，體現了所謂的「六道輪迴」。因此，《生死疲勞》從觀念上保留了大量中國佛教和民間信仰的元素。而從形式上而言，莫言不僅採用了古典章回小說的標題方式，也鮮明地繼承了中國古典神怪文學（比如《山海經》《西遊記》《封神榜》……）所建立起來的奇幻傳統。諾貝爾獎簡短的授獎評語裡使用了「hallucinatory realism」一詞，指的是「迷幻現實主義」，標明了莫言將拉美的「魔幻現實主義」（magic realism）與中國古典的奇幻與神怪寫作融合到了一起。

奇異的對抗經歷輪迴

　　《生死疲勞》主要的敘事者和主角，是土地改革時被槍斃的地主西門鬧，他認為自己雖有財富，並無罪惡，懷著冤屈和憤怒到陰間索求公道，從此經歷了六道輪迴，通過驢眼、牛眼、豬眼、狗眼……繼續觀察和體驗著人世間的萬事萬物。莫言也描寫了動物的蠻勁和強勁，以動物的野性來反襯人的無能。在這裡，動物所體現的可以說是莫言從早期的《紅高粱家族》就開始張揚的原始生命力。另一方面，更重要的是，從動物的口吻和眼光出發，使得敘事的姿態放得很低，或者說，敘事者不再是指點江山的宏大歷史

主體，而是處在現實最底層的畜生，甚至無法自由發聲。因此，這種畜生感也可以理解為對人的處境的隱喻。一方面，莫言不再束縛於現實主義假想的客觀敘事中，另一方面，他也絕不將主觀敘事抬高到浪漫主義神聖全能的主觀境遇裡。相反，莫言要探索的是主觀性的無限可能和根本局限這兩個貌似矛盾的方面。

　　小說的另一個主要人物就是來自莫言童年時的原型，那個思想頑固，拒不加入合作社和人民公社的農民藍臉。藍臉和兒子藍解放是全中國唯一的單幹戶，和西門鬧轉世而成的牛一起艱難抵禦著時代的宏大潮流，成為那個社會時代的不協和音。這個以臉上的藍斑為隱喻的污點形

象，可以說體現出整個社會符號體系所無法壓制的、殘餘的黑暗真實。在此，小說還描寫了西門鬧的兒子藍金龍（即西門金龍）如何殘害父親西門鬧轉世的那頭牛，把故事的戲劇衝突推向了高潮。

新時代的快感驚世駭俗

　　《生死疲勞》對於「文革」場景的描寫既沒有美化，也沒有絕對地悲劇化，但毫不避諱地渲染了「文革」政治生活的狂歡與荒誕。

　　莫言用誇張的手法，極致的語言──比如「高音喇叭的放大，成了聲音的災難，一群正在高空中飛翔的大雁，像石頭一樣劈里啪啦地掉下

來」，「我看到那些貪婪的、瘋狂的、驚愕的、痛苦的、猙獰的表情，我聽到了那些嘈雜的、淒厲的、狂喜的聲音，我嗅到了那些血腥的、酸臭的氣味」，「牛鬼蛇神們，就從公社大院裡歡天喜地地衝出來」——酣暢淋漓地描繪了「文革」社會中激情、暴力與娛樂的錯綜複雜。因此，對暴力的節日化描寫，杜絕了將暴力推諉給單一罪惡源頭的簡單結論，而是揭示了群眾運動中集體性的內在驅力。

這部小說故事情節的另一個重點是以「文革」後改革開放時代的中國為社會背景的。那種集體的驅力同樣是驅使社會躁動的隱秘源頭。

在西門金龍關於旅遊村的設計規劃裡，「遊

完『文革』期間的村莊，我們馬上就會把他們送入酒紅燈綠、聲色犬馬的現代享樂社會」，深刻地揭示了兩個不同時代的快感聯接。這種新時代的快感，主要還體現在藍解放為了愛情而拋家捨業的驚世駭俗行為。

在所有這些故事裡，莫言都沒有提供給讀者一個簡單的道德或歷史評判，而是讓我們在閱讀的強烈體驗中捕捉小說的批判和反省力量。

《生死疲勞》也有著所謂「後設小說」的特徵，也就是關於這部小說自身的小說。

小說裡有個丑角式的人物就叫做莫言，莫言既是小說的作者，又是小說的人物（而這個人物本身就是個寫作者）；這兩者間既有差別，又難

以區分。這個叫做莫言的人物在小說裡是個經常
被嘲笑的人物，因此莫言一貫的自嘲或自我批判
在這部小說中也顯露無遺（小說中甚至有「莫言
這篇小說裡的話百分之九十九是假話」這樣的言
辭）。

　　在這篇短文裡，我無法細述《生死疲勞》豐
富多彩、高潮迭起的情節和汪洋恣肆語言風格的
所有方面。但可以肯定的是，這部莫言的集大成
之作，將成為中國當代文學的經典。

〈歡樂〉：敘事意態中的
醉或醒

　　莫言的中篇小說〈歡樂〉最初發表於《人民
文學》1987年1/2期合刊（這一期當時因為馬建
的小說〈亮出你的舌苔或空空蕩蕩〉而被禁），
通篇用內心獨白的形式記錄了一個高考落榜的二
十四歲青年齊文棟在自殺前的意識流動。這裡沒
有任何理智的敘述，他的意識流雖然不是福克納
《喧嘩與騷動》裡班吉的愚癡囈語，但也不像昆
丁那樣憂鬱冷靜，他始終處在一種狂躁不安的變
態心理中。小說的標題是「歡樂」，小說裡主角

的乳名叫永樂，但歡樂僅僅存在於捨棄世俗的那
一瞬間，這是值得深思的。當然，在整個意識流
動的過程中，也出現過「歡樂」二字，不過那種
「歡樂」似乎是比痛苦更刺痛人心的感覺：「乾
燥、滑膩的藥粉憤怒地噴出去，如煙，如霧，似
壓抑經年的毒辣的情緒。你用力、發瘋般地搖動
把柄，噴粉器發出要撕裂華麗天空的痙攣般的急
叫聲，你感到一種空前的歡樂！歡樂！歡樂！歡
樂！」

　　莫言在這裡淋漓盡致地嘶喊著，噴湧出一股
不可遏制的焦灼，狹義地看是心理能量的釋放，
而從廣義的社會學意義上來說，它更是對某種壓
抑的解放。簡單地看，齊文棟之死只是由於高考

落榜的緣故，然而那種人際間無形的世俗規矩，
即圍繞著這個事件的一系列家庭、社會的意識鎖
鏈（不但有希望和責任，還有輕蔑和嘲弄），卻
是更深刻的歷史結構背景。它超越了個人際遇的
範圍，從深層意識上推向了普遍化的內心焦灼。
因此，莫言所摹寫的感覺不是游離於歷史之外的
個人表現，這是許多人共同面臨的一種尋求解除
心理壓抑而又難以遂願的激情。

　　莫言的〈歡樂〉與同時代的殘雪、劉索拉、
徐曉鶴等人作品的不同在於，後者展示了荒誕，
並且把荒誕作為一種否定的遊戲去體驗它，從中
獲得反諷的快感。而〈歡樂〉中的齊文棟——由
於小說使用第二人稱，主角又似乎要讓讀者自己

去扮演──卻完全缺乏這種超越意識。他過於執著，即使在讓荒誕意識佔據的時刻也飽含淚一樣的辛酸。此如，莫言寫到他前往考場的路上：「你不敢走神了，已經是第五次參加高考了，勝負在此一舉。成則王侯敗則賤！」

　　另一處，莫言又這樣來描寫苦澀和玩世不恭的奇妙混合：「讓我們用一張張鮮紅的錄取通知書告慰馬老師的靈魂吧。複習班全體同學放聲大哭。座中泣下誰最多？宋家豐年青衫濕！你淚水滿腔，熱血沸騰；你知道在班長舉起拳頭那一瞬間，全班同學都是淚水滿腔，熱血沸騰。但是，墨寫的謊言遮不住血染的事實，一接觸到課本，你知道，起碼有一半同學與你一

樣，沸騰的熱血逐漸降溫，最後停留在冰點上徘徊。」

　　齊文棟的意識完全讓那個不斷逃逸的歡樂蠱惑得發狂，在毒藥的藥性發揮到極點的末尾，他自問：「什麼是歡樂？哪裡有歡樂？歡樂的本質是什麼？歡樂的源頭在哪裡？……請你回答！」於是他在迷狂達到頂峰的一剎那突然清醒了，看見了出生時的光明，看見了蝶群般的黃麻花，看見了魚翠翠豐滿的乳房，看見了大地、樹木、沙丘、雲層……。這種清醒是用無可挽回的迷醉為代價的，通過自嘲、自虐、自殺獲取了塵世間的瞬間快樂。他沒有勇氣用反諷的力量去消解不幸，哪怕這是一種無休止的努力；他也不是戴上

了瘋人的面具，而是通過真實的、狂亂的內心活動來打破現實的壓抑，這的確是當代文學中表現了醉和醒的兩難性格的特異角色。

　　莫言式的自虐狂，不再有一般意義上的正常或清醒。也許，將這種反常和迷狂揭示出來，為的是能在痛苦中醒悟人生。因此，這裡沒有絕對蒙昧的「醉」，也沒有絕對無知的「醒」，而只是另一種困惑。

說說莫言

　　2012年的諾貝爾文學獎頒給中國作家莫言，其實並不意外。許多年前，我還在美國的大學任教時，就在美國學術界的一個電子郵件群裡列舉了莫言最有資格獲得諾貝爾獎的幾大理由，鼓動同行們一起推薦。（參見本書附錄）看了諾貝爾獎委員會的頒獎評語，說莫言的「迷幻現實主義融合了民間故事、歷史與當代」，基本上可以說是簡要地濃縮了我提的三個莫言獲諾貝爾獎的主要有利條件：先鋒寫作（迷幻現實主義）、社會批判（歷史與當代）和民間文化（民間故事）。我

當時提的另一個有利條件是，莫言是中國作家裡
被翻譯成西方文字最多的。當然，莫言還有其他
面向的文學特質，比如語言風格上的汪洋恣肆和
一瀉千里的氣勢，敘述語言的粗礪所帶來的宏大
嗓音，則是翻譯可能無法全然傳遞的。

　　而莫言本人，卻與他的書寫風格判若兩人，
倒是更類似於他的名字，表面上木訥，卻有源源
不斷言說的能力，內在的熱情常常也化為冷幽
默。謙卑的生活姿態卻和作品中的風格形成了巨
大的反差。莫言的小說風格無疑是豪放的，有著
山東漢子的大嗓門。他的汪洋恣肆和一瀉千里的
氣勢，源源不斷的言說方式，都給漢語文學帶來
了勃勃生機。但他生活中基本上是個低調的人，

而他被很多人詬病的行為，或許也可以看作他不
願將自己形象樹立成高大英雄的結果。即使在小
說裡，他也經常把自己設計成小說中的人物，比
如在《生死疲勞》中就有一個叫做莫言的文人，
這個丑角式的人物就叫做莫言，莫言既是小說的
作者，又是小說的人物（而這個人物本身就是個
寫作者）；這兩者間既有差別，又難以區分。這
個叫做莫言的人物在小說裡是個經常被嘲笑的人
物，因此莫言一貫的自嘲或自我批判在這部小說
中也顯露無遺（小說中甚至有「莫言這篇小說裡
的話百分之九十九是假話」這樣的言辭）。更早
的《酒國》裡也不斷插入作者莫言（討論他正在
寫作的這部小說）與小說中的青年作家的通信，

擾亂了對作者權威的確信。莫言的語言藝術在於充滿了不確定的、自我瓦解的敘述（特別是《酒國》和《十三步》）。他的諷刺不僅是向外的，也是向內的。莫言自我指涉的、自省的敘述者常常暴露出自身的不足、缺憾、失誤。

這些技巧體現了莫言對寫作的不懈探索。作為1980年代先鋒作家的一員，莫言始終走在前衛開拓的最前列。這種對小說敘述方式的拓展當然源於1980年代開始的西方文學中現代主義和後現代主義的影響，莫言也毫不諱言他的創作受到過福克納、馬奎斯等人的影響。比如福克納的小說裡也有白痴的不可靠敘事者，而馬奎斯則開創了魔幻現實主義。但諾貝爾獎委員會的頒獎評語

說的是「迷幻現實主義」，在某種意義上暗示了
莫言已經擺脫西方文學的直接影響，而進入了他
自己的獨特風格。莫言曾經把自己的小說風格描
述為「妖精現實主義」，「妖精」二字明顯有古
典神怪文學（從《山海經》到《西遊記》、《封
神榜》……）的影子。在《生死疲勞》裡，莫言
不但從形式上採用了古典章回小說的標題方式，
並結合了西方魔幻現實主義和中國古典神怪文
學，也從觀念上保留了大量中國佛教和民間信仰
的元素：在土改運動被處決的地主西門鬧六度投
胎轉世，依次投胎為驢、牛、豬、狗和猴，最後
又再度投胎成人，體現了所謂的「六道輪迴」。
在這方面，莫言小說與民俗文化與民間傳統的聯

繫也是不言而喻的。《檀香刑》、《天堂蒜薹之歌》等結合了民間說唱文藝的樣式，而《生死疲勞》有著鮮明的民間信仰和傳說的源頭。可以看出，他也沒有採取機械記錄的方式，而是把民間文化融合到現代感的小說敘事中。

對莫言在現實層面上的作為有微詞的人，至少必須讀一下他對當代歷史和社會具有強烈批判視角的作品。一個作家，主要是靠他的作品說話。在這方面，莫言當然不是一個形式主義者，雖然形式也是抵達目標的重要途徑。莫言的長篇小說，特別是《生死疲勞》、《檀香刑》、《豐乳肥臀》等作品，往往在宏大的歷史畫卷中，深入反思了近現代和當代歷史的進程。從對於歷史

和現實的批判視角出發，莫言對主流和現存的話語體系和社會狀態進行了無畏的顛覆和尖銳的質疑。比如，《生死疲勞》就通過一個地主在不同時代的輪迴轉世，從動物的視角看到和體驗到的當代生活。這樣，敘事者不再是指點江山的宏大歷史主體，而是處在現實最底層的畜生，甚至無法自由發聲，受到了極大的壓抑。因此，這種畜生感也可以理解為對人的處境的隱喻。

如此看來，現實的莫言和文學的莫言也不是截然對立的。至少，我們可以看到，一種低姿態，一種反英雄的姿態，一種把自我主體一同置於批判對象位置的姿態，貫穿了他的生活和作品。

莫言的
諾貝爾獎與作家的責任

　　一年一度的諾貝爾文學獎，2012年公布得
主前就已先在中國引起了尤其熱烈的爭議，原因
是中國小說家莫言被公認為是獲獎的最熱門人選
之一。其實，幾年前我就在美國學術界的電子郵
件群裡發起了推薦莫言獲諾貝爾文學獎的活動，
列舉了幾大理由來闡述莫言是最有資格獲得諾貝
爾文學獎的中國作家：其一，強烈的批判意識，
以尖銳的筆觸書寫了當今的社會矛盾和當代歷史
的創傷經驗；其二，勇敢的先鋒主義美學態度，

在文體實驗和形式開拓上以各種形態突破了傳統寫實主義的機械手段；其三，鮮明的本土色彩，蘊含著大量中國鄉村文化和民間文藝的元素；其四，很不幸，諾貝爾獎的評委除了一人之外都不懂漢語，而在當代中國最優秀的作家裡，被翻譯介紹到西方文字最多的，是莫言的作品。（參見本書附錄）

　　但，在反對者眼裡，這些似乎是次要的。甚至，某些理由反而可能成為莫言為迎合諾貝爾獎而寫作的證據。然而，去迎合一個福克納和馬奎斯建立起來的標準，又有什麼值得羞恥的呢？而更多的批評是集中在指摘莫言放棄了一個作家的獨立立場，瑞典皇家科學院的評委老頭們不會

喜歡一個體制內的官方作家。莫言在現實中的種種作為也被網友們一一揭露，以指責他依附權貴，與現實妥協，不具備知識份子的自由人格。在這一點上，我完全同意張閎所說的，一個優秀作家，完全可能具有並且表現出精神上的多重性，一方面是偉大的，另一方面也很可能是渺小的。更何況，莫言在《酒國》等作品裡所作的反省式的自我批判也可以證實，他並不是沒有意識到，我們自身也是現實的一部分，同樣是我們批判的對象。若論妥協，司馬遷大概是最極端的例子：儘管身心受到極度摧殘，卻潛心寫作了《史記》。但現實中的妥協不等於文字的妥協。因此，文學史留下的是司馬遷，而不是荊軻；儘管

荊軻也有「風蕭蕭兮易水寒」的超群詩才，但因
為扮演了行動者的角色而成為了另一類的偶像。

　　在世界文學和藝術史上，尤其是二十世紀
以來，有無數例證可以說明，即使那些現實中有
過更為不光彩作為的作家和藝術家，我們仍然
不可能抹殺他們作品的偉大。比如肖斯塔科維奇
和普羅科菲耶夫這兩位前蘇聯時期的作曲家都曾
寫過歌功頌德的作品，發表過迎合高壓政治的言
論。而美國詩人龐德則支持過義大利的墨索里尼
政權，法國作家塞利納曾公開宣揚過反猶意識形
態，阿根廷小說家波赫士曾經從鄰國的獨裁統治
者手裡接受過十字勳章。但他們的音樂和文學作
品所達到的高度遠遠超越了那些錯誤言論和幼稚

行為的意義。即使具有強烈左翼批判精神的大江
健三郎，也不會狹隘到否認右翼分子三島由紀
夫的文學成就。

　　恩格斯認為，就文學作品的藝術與思想高
度而言，思想反動的巴爾札克，比進步的左拉更
偉大。只要莫言的文學成就已可與大師比肩，
支持他獲諾獎的理由之一也是可以更好地批判和
反省，包括莫言、自己、他人……，但就諾獎而
言，不是聖徒獎，是寫作獎，關注的是作品的力
量，不是作家的個人作為。只要我們認真讀過莫
言的《酒國》、《生死疲勞》、《十三步》等小
說，就不能否認，莫言的思想與藝術高度絕不是
表面膚淺的「迎合現實」可以解釋的。相反，莫

言令人震撼地挖掘了現實和歷史中最隱秘的真實，並且用各種富於魔力的敘述方式表現出來，迸發出巨大的批判性言說力量。

當今世界上最紅的馬克思主義理論家紀傑克，在他臥室的床頭掛了一張史達林的畫像。也許我們會不解：一個不遺餘力揭露史達林時期社會荒誕的思想家，為什麼要把嚴苛統治者的形象懸在頭上？但紀傑克始終認為，任何人都必須直面和承擔自身的命運。通過自身承擔某種不光彩的命運，我們可以摒除超越於時代或免疫於現實的幻覺。或許，我們也可以把莫言的某些行為看作是這一觀察的註腳，不管那是不是莫言的原意。無論如何，我們應當關注的正應當是莫言的

作品：它們迫使我們在一種狂亂的精神境遇裡，繼續體驗我們曾經經歷和正在經歷的怪誕現實，並揭示出我們不願正視的真實內核。

閱讀莫言：
「無用」的文學有什麼用？

　　在諾貝爾頒獎典禮結束後的晚宴上，莫言脫稿講話，並且以這樣的結語概括了他自己對文學功能的認識：「文學的最大的用處，也許就是它沒有用處。」這個否定性的修辭或許可以看作莫言小說寫作的秘密，也是我們閱讀莫言的入口。也可以說，莫言不是為了社會教化的目的而寫作，文學寫作是訴諸作家個人心靈的一種方式，是作家以其獨特的視角觀察世界，理解世界的途徑。而作品的社會意義，無非是讀者與作者的

心靈碰撞的結果。在這樣的前提下，我們才能理解，莫言的小說並不提供絕對正面的價值，而是通過不斷消解主流價值，以否定的姿態批判和諷刺了籠罩在宏大理念下的荒誕現實與歷史。也正是在這個意義上，莫言無疑是批判家魯迅的傳人。

　　即使在早期的「尋根」作品中，莫言的懷舊感就懷有某種不純粹的暗流。《透明的紅蘿蔔》帶有象徵主義的情調，主角黑孩在小說中幾乎一言不發（「莫言」的化身？），而他的純真和幻想總是被生活中的不幸所打斷。到了《紅高粱家族》，莫言的野性風格開始暴露。這個描寫土匪抗日的故事充滿了戰爭和愛情的血腥與狂暴。小

說用「我爺爺」、「我奶奶」、「我爹」這樣的
人稱敘說和渲染祖輩們年輕時的方剛血氣，具有
明顯的突兀效果而又不無挑戰平庸現實的意味。
之後，莫言在《歡樂》、《紅蝗》等作品裡語言
的放縱恣肆從寡言躍向了聒噪，從美學走向了
「醜學」。

　　《十三步》可以看作是莫言中後期風格的
開端：莫言不是簡單地揭示現實的殘酷，而是將
悲劇以喜劇的方式呈現出來，以自我滑稽化的敘
事聲音杜絕了那種將現實悲劇化之後施以同情
的虛假高姿態。莫言小說的成就在《酒國》裡
達到了高峰。由於現實陰影的無所不在，文學
對現實的再現可能是有限的，有時甚至是無能

的，它只能打著認同現實的幌子來模擬並嘲弄現實。

　　《生死疲勞》裡也有一個丑角般的人物名為莫言，一個巧言令色、擅長虛構的底層寫手，可以看作是作者莫言再一次的自省和自嘲。莫言揭示了寫作行為在作品進程中的虛妄，應和了他所說的「沒有用處」的文學。而莫言作為他自己小說人物的卑微形象，也可以和真實的莫言在現實層面上言辭閃爍的懦弱性格相映照。書寫「沒有用處」的文學和扮演「沒有用處」的作家，無不迫使我們通過體驗主觀與客觀的巨大反差，感受到現實的無情力量。

附錄　楊小濱發起提名莫言為諾獎候選人的電郵

*按：MCLC是英文學術期刊*Modern Chinese Literature and Culture*（《現代中國文學與文化》）主編Kirk Denton（俄亥俄州立大學教授）主持的一個學術交流電郵群，參與者都是本領域的學者，以郵件群發的形式討論與中國現代文學、文化相關的話題。2006年，Michael Berry（當時是加州大學桑塔芭芭拉分校教授）提出集體提名中國作家為諾貝爾文學獎候選人的建議，獲得了廣泛的討論。我也群發了一個郵件，建議提名莫言，並提出了幾點理由。雖然集體提名之事後來並無下文，但這樣的提名努力是否影響到漢學家包括諾獎評委馬悅然，也未可知。2012年，莫言獲得諾貝爾文學獎。諾貝爾獎委員會的頒獎評語，說莫言的「迷幻現實主義融合了民間故事、歷史與當代」，可以說恰好簡要地濃縮了我提的四個莫言獲諾貝爾獎

的主要有利條件：1) 先鋒寫作（諾獎評語所說的「迷幻現實主義」──莫言自稱「妖精現實主義」）；2-3) 社會、政治、歷史關懷＋批判意識（諾獎評語所說的「歷史與當代」）；4) 民間文化（諾獎評語所說的「民間故事」）。以下是我那封郵件的中譯及原文。

《現代中國文學與文化》電郵群：
諾貝爾獎情結

Kirk Denton

mc**@l****.a**.ohio-state.edu

2006/4/10 晚上8:50

MCLC 郵件群

發自：楊小濱 <yang**@*******.edu>

主旨：諾貝爾獎情結（25）

****

　　我強烈支持Michael Berry的建議，我們來呈遞一份諾貝爾獎候選人的集體提名，儘管具體操作上很難進行。如果可能，我們也許可以採取以下的步驟：

1）投票選出被提名人（線上投票，如果這是最
簡便的方式的話）。當然很難匿名投票，因
為我覺得提名者應限於在中國文學領域擔任
學術職位的那些。將提名者設限在本領域內
是為了確認，投票是基於嚴肅考慮甚至深度
研究的。但我也建議我們不必限制每人可以
投票支持的名字的數量。然而，假如你強烈
傾向於某位可能的候選人，也許應該考慮避
免再投給他人。

2）我希望獲得最多票數的（我們是否可以稱之
為候選人甲？）在集體的努力下獲得提名。
但支持候選人乙、候選人丙的，也可以另外
遞信提名別人。但我們至少應當有一封提名
候選人甲的信，對嗎？

假如我現在可以來示範一次的話，我的票投給莫
言。理由如下：

1）莫言是中國大陸作家，這可以與海外作家、法
　　國公民高行健有所區分。莫言也是一位作品在
　　中國國內獲得廣泛閱讀和熱情讚揚的作家。

2）莫言有如此眾多的作品（我以為比起其他任
　　何可能被提名的人來）獲得英文及其他西方
　　語種的翻譯（而且是良好的翻譯）──很遺
　　憾我們必須考慮這個因素。

3）當然是最關鍵的：莫言的作品最為符合諾獎
　　的標準。首先，他是當今最具創造力的中國
　　小說作家（我無疑認為還有許多有創造力的
　　詩人，但他們的華語或非華語讀者太少，更
　　不要說翻譯了）。他每一部小說（從《紅高
　　粱》到2006年的《生死疲勞》，除了《紅樹
　　林》）都開闢出一條新路，不僅在主題的意
　　義上，也在敘事模式的意義上。他是當今最
　　真切和最持久的實驗作家（如果你不喜歡
　　「先鋒」一詞）。熟悉他作品的人一定可以
　　認知到，他的創造性遠遠超越了來自西方現
　　代主義、後現代主義、魔幻現實主義等等

的影響。他最近的《生死疲勞》再度證明了
這一點。我堅定地相信，作為一個在風格上
多樣、複雜和老練的作家，莫言可與20世紀
最偉大的作家們比肩。其次，他的作品以嚴
肅和藝術的方式，言說並探究了中國乃至全
球語境下的社會、政治、歷史與文化問題。
第三，莫言在處理現實與歷史問題時具有強
烈的批判視角。在這樣的努力下，他從不扮
演歷史的救世主或全知全能的敘事者。第
四，儘管他具有知識分子式的批判立場，他
的感知與感性是源自並緊密聯繫於中國民間
文化與庶民生活的。最後（但絕非最不重要
的），他是個多產的作家，他的全部作品可
以讀作一個整體，不只是在數量上，也在品
質上，體現出巨大的文學成就。坦誠地說，
我並不認同某些莫言的政治歷史觀（比如
《檀香刑》），但這並不減弱我的確信：他
是當今中國活著的作家中最強有力的。

雖然我認為有資格的諾貝爾獎的中國作家不止一位，但我還是投票給莫言，希望這樣可以比投票給更多人獲得更有效的結果。

有關程序，歡迎群內成員提出任何建議。

楊小濱
密西西比大學

Mail原文

MCLC: Nobel Prize complex (25)
Kirk Denton
mc**@l****.a**.ohio-state.edu
2006/4/10 8:50 PM
MCLC LIST
From: Yang Xiaobin <yang**@*******.edu>
Subject: Nobel Prize complex (25)
****

I strongly support Michael Berry's suggestion that we submit a collective nomination for Nobel Prize candidate(s), even though it is practically difficult to work out. But if possible, we might consider the following procedure:

1) Vote (online, if that's the easiest way) for names of nominees. It would be hard to be anonymous though, as I also think that the vote should be made by those who hold academic positions in the field of Chinese literature. To limit the voters to our field is only to make sure that the votes are based on serious considerations and even in-depth researches. But I suggest that we not limit the number of names that each of us can vote. However, if you are strongly inclined to one potential nominee, you might consider refraining from voting for others.

2) I hope that the one who gets the most votes (shall

we call him/her Candidate A?) will be nominated in a collective effort. But those who support Candidate B, Candidate C, etc., can certainly submit additional letters to nominate the others. But we should have at least one letter to nominate Candidate A, shouldn't we?

My vote, if I can demonstrate one now, goes to Mo Yan, for the following reasons:

1) Mo Yan is a mainland Chinese writer and thus can be distinguished from Gao Xingjian, an overseas Chinese writer and a French citizen. Mo Yan is also a Chinese writer whose work is widely read and passionately acclaimed in China.
2) Mo Yan has so many works (more than any other potential nominees? I suppose) translated (and well-translated) into English and other western languages (too bad we have to consider this factor).

3) This is the most essential, of course: Mo Yan's works fit the standard of the Prize the best. First, he is the most innovative Chinese fiction writer today (I certainly think there are many innovative poets but they are hardly read by either Chinese or non-Chinese, let alone translated). Each of his recent novels (from Hong gao liang up to the 2006 Sheng si pi lao, with the exception of Hong shu lin) breaks a new path not only in terms of theme but also in terms of narrative mode. He is the truest and most persistent experimental (if you don't like the term avant-garde) writer today. Those who are familiar with his work will surely recognize that his creativity goes far beyond the influence from western modernism, postmodernism, magic realism, etc. His most recent Sheng si pi lao further proves this point. I firmly believe that, as a stylistically versatile, complex and sophisticated writer, Mo Yan can

be compared to the greatest writers in the 20th century. Second, his works address and probe social, political, historical and cultural problems in the Chinese and even global context, in a serious and artistic manner. Third, Mo Yan has a strong critical viewpoint when he deals with current or historical issues. In so doing, however, he never plays the role of a historical savior or an omniscient/omnipotent narrator. Fourth, despite his intellectual, critical stance, his perceptibility and sensibility are derived from and intimately associated with Chinese folk culture and commoners' life. And lastly (but not the least important), he is prolific, and his oeuvre can be read as a whole representing great literary achievement not only qualitatively but also quantitatively. Honestly, I don't accept some of Mo Yan's political/historical viewpoints (Tan xiang xing, for example), but that doesn't diminish my belief that he is the most powerful Chinese writer living in China today, more than anyone else.

Although I think there are more than one Chinese writer who deserve Novel Prize, I vote for Mo Yan in the hope that it will make a stronger case than voting for more.

As for the procedure, any suggestion from the listserv members will be welcomed.

Yang Xiaobin
University of Mississippi

釀文學247　PG2503

 導讀莫言

作　　者	楊小濱
責任編輯	鄭伊庭
圖文排版	蔡忠翰
封面設計	劉肇昇

出版策劃	釀出版
製作發行	秀威資訊科技股份有限公司
	114 台北市內湖區瑞光路76巷65號1樓
	電話：+886-2-2796-3638　傳真：+886-2-2796-1377
	服務信箱：service@showwe.com.tw
	http://www.showwe.com.tw
郵政劃撥	19563868　戶名：秀威資訊科技股份有限公司
展售門市	國家書店【松江門市】
	104 台北市中山區松江路209號1樓
	電話：+886-2-2518-0207　傳真：+886-2-2518-0778
網路訂購	秀威網路書店：https://store.showwe.tw
	國家網路書店：https://www.govbooks.com.tw
法律顧問	毛國樑　律師
總 經 銷	聯合發行股份有限公司
	231新北市新店區寶橋路235巷6弄6號4F
	電話：+886-2-2917-8022　傳真：+886-2-2915-6275

出版日期	2021年6月　BOD一版
定　　價	220元

國家圖書館出版品預行編目

導讀莫言 / 楊小濱著. -- 一版. -- 臺北市 : 釀出版,
　2021.06
　　面；　公分. -- (釀文學)
　BOD版
　ISBN 978-986-445-465-5(平裝)

　1.莫言 2.小說 3.文學評論

857.7　　　　　　　　　　　　　110005857

讀 者 回 函 卡

感謝您購買本書，為提升服務品質，請填妥以下資料，將讀者回函卡直接寄
回或傳真本公司，收到您的寶貴意見後，我們會收藏記錄及檢討，謝謝！
如您需要了解本公司最新出版書目、購書優惠或企劃活動，歡迎您上網查詢
或下載相關資料：http:// www.showwe.com.tw

您購買的書名：_____

出生日期：_____年_____月_____日

學歷：□高中 (含) 以下　　□大專　　□研究所 (含) 以上

職業：□製造業　□金融業　□資訊業　□軍警　□傳播業　□自由業
　　　□服務業　□公務員　□教職　　□學生　□家管　　□其它_____

購書地點：□網路書店　□實體書店　□書展　□郵購　□贈閱　□其他

您從何得知本書的消息？

　□網路書店　□實體書店　□網路搜尋　□電子報　□書訊　□雜誌

　□傳播媒體　□親友推薦　□網站推薦　□部落格　□其他_____

您對本書的評價：(請填代號　1.非常滿意　2.滿意　3.尚可　4.再改進)

　封面設計____　版面編排____　內容____　文／譯筆____　價格____

讀完書後您覺得：

　□很有收穫　□有收穫　□收穫不多　□沒收穫

對我們的建議：_____

_____

_____

_____

11466
台北市內湖區瑞光路 76 巷 65 號 1 樓

秀威資訊科技股份有限公司　　　收
BOD 數位出版事業部

....

（請沿線對折寄回，謝謝！）

姓　　名：＿＿＿＿＿＿＿＿＿　年齡：＿＿＿＿　性別：□女　□男

郵遞區號：□□□□□

地　　址：＿＿＿＿＿＿＿＿＿＿＿＿＿＿＿＿＿＿＿＿

聯絡電話：(日) ＿＿＿＿＿＿＿＿＿　(夜) ＿＿＿＿＿＿＿＿＿

E-mail：＿＿＿＿＿＿＿＿＿＿＿＿＿＿＿＿＿＿＿＿